汤姆叔叔的小屋

[美]比切·斯陀夫人◎著　金帆◎编译

海峡出版发行集团
THE STRAITS PUBLISHING & DISTRIBUTING GROUP
福建教育出版社

图书在版编目（CIP）数据

汤姆叔叔的小屋/（美）比切·斯陀夫人著；金帆编译. —福州：福建教育出版社，2018.5（2020.11重印）
（何捷主编）
ISBN 978-7-5334-8086-8

Ⅰ.①汤…　Ⅱ.①比…　②金…　Ⅲ.①长篇小说—美国—近代　Ⅳ.①I712.44

中国版本图书馆CIP数据核字（2018）第061300号

主编　何捷

Tangmu Shushu de Xiaowu

汤姆叔叔的小屋

［美］比切·斯陀夫人　著　　金帆　编译

出版发行　福建教育出版社
（福州市梦山路27号　邮编：350025　网址：www.fep.com.cn
编辑部电话：0591-83752790
发行部电话：0591-83721876　87115073　010-62027445）
出 版 人　江金辉
印　　刷　北京一鑫印务有限责任公司
（北京市顺义区北务镇政府西200米 邮编：101300）
开　　本　960毫米×1280毫米　1/32
印　　张　8.125
字　　数　160千字
版　　次　2018年5月第1版　2020年11月第3次印刷
书　　号　ISBN 978-7-5334-8086-8
定　　价　33.00元

总 序 | *FOREWORD*

人生那么短，有时间就读经典

每个人成年后，都有一个难以回避的遗憾——童年的时光那样珍贵，而我们却常常无端浪费。

在我看来，童年，就是阅读的大好时光。有一句心里话，与大家分享："儿时正是读书时。"你不得不承认，小时候拥有最自由的阅读时间。虽然说那些让人讨厌的作业整天形影不离缠着你，虽然说学习看起来还真的不是那样简单，但和未来要承担繁重工作的你相比，儿时的你，的确有大把大把的时间可以自由支配。儿时，还是最有精力的时候，只有等到你长大，或者像我一样到了中年，你才会知道什么叫做"牵绊"，什么叫做"分散"，什么叫做"心有余而力不足"。而等你感受到的时候，就是遗憾降临的时候。至今清楚地记得，相对于如今的我而言，小的时候我也曾精力充沛，而不能原谅的是，却看着时间大把大把地从我的生命中流逝。

最重要的是，儿时是最能琢磨出读书趣味的时候。因为小，所以你的无知也显得可爱，所以什么都值得你读一读。儿时的好学就是特质，似乎什么都值得你了解，什么对于你来说都是新鲜的。世界上的一切都在召唤你去探索，去改变。无疑，阅读是最佳的方式。阅读，最经济，最简单，最直接，最有效；不知道的，感兴趣的，都可以通过阅读来获取。

这样看来，读书是不二的选择，这点毋庸置疑了。只是要知道：小的时候读了多少？读了什么？怎么读？这些几乎决定了你未来怎么成长，长得好不好，长成什么样。接下来我们就说说“为什么要读经典”。

很多人对我的童年读书经历很感兴趣。他们从我的课堂上，从我出版的教学专著中，做了很多猜测：课上成这样，书出版得这么多，小的时候，他一定读过不少书吧。不然，怎么这样能写，如此能说？大家猜对了，我小的时候，书的确读得多。不过我读的更多的是大家瞧不上的“小人书”，一共好几个抽屉呢。请不要笑话哦，在我童年的那个年代，能够读几个抽屉小人书，一定是“家境优越”“家风正派”的。我的爸爸是党报的编辑，他非常重视我和姐姐的阅读，因此，他花了很多钱，为我们购买了这些小人书。这在当时，算得上是一种奢侈品。所以，我的童年过得是有滋有味的。记不清具体是哪一年，依稀是四年级吧，有一天妈妈下班回来，带给我几页金庸先生写的《射雕英雄传》的残页。所谓“残页”，就是工厂印刷失败后留下的废纸啦。妈妈在新华印刷厂工作，她为我捡回这些残页，并没有太多想法，只是丢给我，让我随便看看。没想到这一看，我就像着了魔似的，开始如饥似渴地读起金庸的武侠小说来，一本接着一本，根本停不下来，真正是到了可以不吃饭、不睡觉也要看的地步。读了如此有意思的书后，那些小人书就排不上队了。瞧，好的作品有曲折动人的情节，有活生生的有血有肉的人物，有精致诱人的细节，有让人沉醉其间的魅力。后来，小学时的每一个中午，我都是捧着厚厚的金庸小说睡着的。再后来，我还把自己的网名起为“语文老顽童”，你一定明白，这是深深地受到了经典武侠小说的影响。

阅读经典，就像用针在你的灵魂里纹绣美图。

中学时，书读得少了。到了师范学校，我全心全意地修炼教师基本功，读得也不够。做了老师，阅读的缺损就来惩罚我了。课设计得很单薄，言论没有内涵，很浅薄，一切都显得轻飘飘的。这个时候，依然是妈妈告诉我：别慌，可以用读书去改变。于是，在妈妈的鼓励下，我又一次开始阅读。真的有惊喜啊，小时候所有的阅读体验都在重新阅读时顺利复活了。阅读，其实就是一种记忆的唤醒，就是一种微火的吹燃。儿童时代所有的阅读，都构成了我们的阅读历史，构成了我们的生命，都成为我们不断成长的动力。儿时阅读，是至关重要的。

我还欣喜地发现：当老师爱上阅读，学生自然爱上阅读。

教师引导儿童阅读，绝非难事，但不要过于强调，大张旗鼓。一个老师爱读书，所带的班级学生自然也爱读书。所以，起初我主张自由阅读，并不做具体的推荐。孩子读得很随意，他们喜欢那些像“饮料”一样，乍一看很刺激的书。虽然读了，但读得不对，进步自然很慢，甚至言行还出现偏差。读什么书，对人的影响是巨大的。后来，我让他们更多关注经典这一类犹如“粮食”一样的书，情况一下得到了好转。什么是像“粮食”一样的经典呢？首先，这些书并不哗众取宠地讨好你，相反，也许你初读时并不感觉“好在哪里”，甚至还有些“读不懂”，或者是读了，有感觉了，但一切都是恬淡的、舒适的、自然的，只是的确有一种说不清楚的诱惑力，让你舍不得放下。之后，你再读，可能就会品出其中的滋味了。这种感觉让人难忘，简直说是无法磨灭。再后来，你也许会不断主动重复阅读，因为你的身体、心灵都在要求你再读一读，你已经和这些经典的书融合在一起了。经典，已经化为你的血液了。这如同粮食对人的给养，让你慢慢成长。在此之后的一生中，无论遇到什么样的情况，经逢各种各样的事，你的脑海中都会冒出一个形象，一个桥段，一个细节，它们都存活在经典中，都在冥冥中给你力量，给你帮助。这就是经典带来的力量。于是，你做出了一个很有意思的决定——把这本书推荐给身边最亲爱的人。

明白了吧，这就是我今天为什么向你推荐这套经典读物的原因了。我也是被经典打动、滋养的。我怎么能独享？当然要和你一起欣赏。

这套近百部的经典，已经不需要再次罗列书名了。对你来说，它们简直就像老朋友，真有一种“低头不见抬头见”的亲切感。但我相信，这一次你阅读它们，阅读这一套丛书，会有很多新的收获。我接下来和大家说说“如何读才好”。

经典，已经摆在我们面前，该怎么去读呢？答案很简单，三个字——慢慢读。

经典是最值得你花时间去品味，去琢磨，甚至多读几遍的。我敢保证，每一次阅读你都会有不同的发现。我希望，你可以不断进步，让阅读的层次不断提升，越读越会读。比如说，有的人读经典，只喜欢其中叙述的故事。的确，故事很精彩，但光是停留在故事，停留在内容，就等于你开采到了一块宝石，但是你却抚摸包裹在外的石衣，还没有看到真正璀璨的光芒。只读故事，损失了经典十分之九的色彩。有的孩子已经知道读经典是需要手到、眼到、口到、心到的，可以做些笔记、摘抄，做一些批注，还可以写一些随想、感受，等等。长期这样阅读经典，等于同时养成一个习惯，让自己的读写能力完成日积月累的增长。一段时间以后，你的语言也发生了变化，你的文章越发的漂亮，你看问题的角度也变得与众不同，这就叫“腹有诗书气自华”。记住，好习惯是需要日积月累的，坚持就是你永远应该保持的姿态。

必须说明，还有一种小孩非常特别。他们读书时善于思考。每次接触经典，他们都会去思考：到底这样的经典是怎么写成的呢？为什么这些故事会流传到今天呢？为什么至今还有那么多人喜欢呢？

带着探索的心，一边想，一边读，你将层层剥笋，如获至宝。每读一次都将增长读与写的功力，变得能读善写。比如说读了《水浒传》，你会发现每个好汉都有他的绰号，而绰号和好汉的特点是相关的，你开始琢磨作者是怎么去构思并写出这么多各具特色的人物呢，哪些细节让我们留下对人物深刻的印象呢。再比如说你发现《西游记》中有一个故事叫“三打白骨精”，《三国演义》中有个故事叫“三顾茅庐”，还有“三气周瑜”，《水浒传》中有“三打祝家庄”的故事。为什么都是“三”呢？是巧合吗？难道真是发生了三次吗？读得多了，你会发现这也许就是一种创作的手法吧。再往下读，你又会看到许许多多的作品中居然都有这个神秘的“三”的存在，慢慢地你就会用“三”的结构来写自己的故事。看，你不就又成长了吗?

阅读了这套书，接触过近百部经典之后，你会非常欢喜，因为收获满满，实实在在。这时候，我希望你把这些经典推荐给自己的小伙伴，或者，直接跟同伴讲这些经典故事吧。经典本身就需要被口耳相传，经典本身就可以通过一次又一次的接力传承下去。你甚至会发现，身边处处都是这些经典的影子。例如，有的经典被拍成电影，有的经典化为一个个细小的话题，有的值得进行专项的研究性学习、主题研究，等等。读经典，让整个人都变了。读经典的妙用就在于“陶冶性灵，变化气质”。

童年正在流逝，还等什么？赶紧读经典吧！

2017年10月

目 录 | *CONTENTS*

《汤姆叔叔的小屋》导读方案

一、通过文学名著了解丰富的社会生活

文学作品反映了宏阔的历史画面，展现了丰富的社会生活。阅读名著作品，要注意把握作品的主要内容，了解作品所反映的社会生活。

1. 了解作品中所展现的社会生活画面

文学作品往往通过设置重要的情景以及典型事例来反映社会问题，揭示出相关的社会本质。阅读名著，要注意把握作品的主要内容，了解作品所反映的丰富的社会内容。

19世纪美国奴隶制度下，不同性格的黑人奴隶命运的展现

➜

《汤姆叔叔的小屋》是一部反奴隶制小说。作者以美国为背景，展现了一个饱受苦难的黑奴汤姆叔叔的生活历程，以及他与他身边的人，不同性格和类型的奴隶与奴隶主的经历。这部小说不仅刻画了黑奴悲惨的命运，还深刻地揭示了奴隶制度残酷的本质，告诉我们只有敢于反抗、敢于斗争，黑奴才能获得新生。

2. 体会作者在文中所表达的思想和情感

文学作品在反映社会生活的同时也包含了作者丰富的思想和情感，体现出作者对社会生活的评价和态度。阅读名著时要注意把握作品的中心思想。

表达了对以汤姆叔叔为代表的奴隶的同情与理解

《汤姆叔叔的小屋》中，描写了汤姆的虔诚博爱、乔治的精明能干、伊丽莎的坚韧聪慧、托普茜的狡黠淘气、卡茜的隐忍善良等等。他们由于出身的卑贱而饱受折磨和摧残，但是他们无论置身何处，却从来没有放弃希望，并且始终保持善良的心。

揭露了奴隶制度下残忍黑暗的社会现实

在奴隶制度下，奴隶被当成货物一般被贩卖，成为白人的私有财产，可以随意处置。成千上万的黑奴遭遇着妻离子散、家破人亡，甚至被折磨致死的悲惨命运。作者通过本书揭示了奴隶制度是这一切的根源，只有废除奴隶制，才能改变这一悲惨状况。

二、把握人物形象的塑造

人物形象的塑造是评价文学作品的一个重要标准，学会分析、品评人物形象是阅读能力的体现。阅读名著作品，要抓住人物形象进行解读，深入分析人物的性格特点，从而加深对作品主要内容和中心思想的理解。

1. 人物形象的主要性格

塑造人物成功与否的一个关键点就是看人物是否具有鲜明的性格特点。一个能使读者留下深刻印象的形象必定具有某些不可替代性，具有其他人物所没有的个性特征。

汤姆叔叔：善良诚实，稳重宽容

➤

汤姆叔叔从小接受的教育造就了他稳重、顺从的性格。面对被主人贩卖，他平静地接受，不惜与妻儿离散；他是主人忠诚的帮手，他从来不会反抗，而是逆来顺受地承受着自己遭遇的一切苦痛。但是他又不断无私地帮助身边每个人，表现了他善良的品质。

2. 人物性格的复杂性

文学作品总是要反映生活的复杂性，人物的刻画也是如此。一个成功的人物形象不仅要具有鲜明的性格特点，还要体现人性的复杂性与矛盾性。

汤姆叔叔：虔诚博爱

➤

汤姆对宗教的虔诚是作家着重刻画的。他无论身在何处，都把《圣经》揣在怀里，宗教是他唯一的精神寄托。他同时把宗教中的宽容和博爱的精神传达给身边的每个人，希望能用宗教信仰解除他们的痛苦，而他身边的很多人都被汤姆感化，成为虔诚的基督信徒。

汤姆叔叔：勇敢正直

➤

面对伊娃的落水，汤姆不顾自己的安危下水救助；面对露丝的生病，汤姆不顾黑人监工的责骂，把自己的棉花给她；面对卡茜的逃跑，汤姆帮助她们，并且忍受责打也不说出她们的下落。这些又让我们看到了顽强、勇敢而正直的汤姆。

三、品味文学名著的语言

语言的成功运用是文学作品成熟的标志之一。对文学作品语言的把握和理解是阅读能力的一种重要体现。把握名著作品的语言可以感受作者个性化的语言特色，可以体会作者复杂的情感和独到的感受。

本作品的语言极具个性，符合人物的性格和身份

➽

汤姆由于笃信宗教，他的语言总是与宗教词语息息相关；乔治的果敢不羁，使他的语言带有反抗的意味。本书中，无论是主要人物还是次要人物，无论是奴隶主还是黑奴，语言都极富个性，切合自己的身份，符合人物性格，符合故事情节。

四、体会其他艺术特色

情节叙述的技巧、情景交融的运用、结构的安排等都可以增添文学作品的亮点，甚至可以起到点石成金的作用。所以在把握文学语言之外还要注意体会其他的一些艺术特色。

本作品的另一个艺术特色：浓重的宗教主义色彩

➽

《汤姆叔叔的小屋》是一部反奴隶制的现实主义小说，但却有浓重的宗教主义色彩。宗教贯穿着汤姆的一生，同时也贯穿了全书。谢贝尔太太、伊娃等和汤姆一样都是虔诚的宗教信徒，用宗教的博爱宽容感化着身边的每个人。作者在致力于揭露奴隶制度危害的同时，还渗入了很多自己的宗教观念，即不希望为了反对奴隶制度的暴力而以暴制暴。

本书在《汤姆叔叔的小屋》原著基础上加以改编，以更适合青少年阅读。

阅读与写作能力提升要点

阅读能力提升要点	理解词语的深层含义
	体会关键语句的作用
	准确把握文章的内容
	深刻体会作者的思想情感
	感受作品的艺术特色
	对人物形象做出自己的评价
写作能力提升要点	扩大知识面，积累写作素材
	拓展思维，巧妙构思、立意
	勇于创新，充分发挥想象力
	巧用修辞，使语言生动形象
	准确描述，灵活运用表达方式
	感情真挚，真实表达思想情感

一　谢尔贝先生的麻烦

干净的客厅里，有两位绅士面对面坐着，他们不时举杯喝下一口酒，又继续着生意上的讨价还价。

这其中一位身材矮胖的家伙名叫海利，与其称他为绅士，不如说他是个喜欢摆臭架子的钻营小人。他穿着讲究：蓝底黄点的围巾配花哨的领带，手指上的几枚戒指，与身上的金表链互相辉映发光。他自以为神气，实际上他给人的印象很俗气。

作者通过对海利的领带、戒指和金表链这三样饰品的描写，生动地刻画了一个庸俗的钻营小人形象。【外貌描写】

他的对话者，谢尔贝先生倒是一位绅士，也是这个客厅的主人。

“就这个价吧。”谢尔贝先生说。

“这个价不行，我太亏了。”海利答道。他端起酒杯，在灯光下审视着。他们讨论的是谢尔贝先生因为遇到了欠债的麻烦，要卖掉他的黑奴汤姆来抵债的这笔交易。

“汤姆不是一般的黑奴，他诚实、稳重，是一个虔诚的基督教徒，我信赖他，我把我的产业通通交给他管，还管得不错呢。”“我要货真价实的。黑奴信教，性情好，不多话，那才好卖、好赚钱。”

“汤姆忠于我，不骗钱，不逃走，要不是还债，我哪舍得卖他。海利，你要讲良心啊！”

“良心”二字用在这里可谓一针见血，且让我们看看奴隶主的良心在哪？【语言描写】

“我有良心，虽然只有够发誓用的那么一点儿。你我是朋友，我应该帮忙，不过，这笔买卖我很为难啊。”

海利向自己杯子里斟酒，无奈地叹口气，好像有点儿故意的。

“你说咋办？”沉默后的谢尔贝问道。

“添一个小男孩或小女孩，怎么样？”

此时，门开了，一个约莫四五岁的混血男孩走进来。脸上的酒窝、卷曲的头发、长睫毛下的大眼睛，真讨人喜欢。他的神态自由自在，表明经常受到主人的宠爱。

这小男孩叫哈利，能歌善舞，模仿力又强，主人叫他表演驼背走路、学长老拉长脸用鼻音哼诗篇，学啥像啥，逗得两个大人哈哈大笑。

模仿力强，表现了哈利的聪颖天真。如此可爱的小孩却面临被主人卖掉的命运，让人担忧。【侧面描写】

海利说：“这黑小子玩得蛮不错。好，一言为定，添上他，咱们的债就一笔清，公道吧？”

随后，一个年龄在二十五岁左右的混血女子推门进来。伊丽莎，哈利的母亲，一个漂亮的女奴。她美丽的容颜和窈窕的身段，招来了黑奴贩子贪婪的目光。她脸上泛起羞涩的红晕。

“有事吗，伊丽莎？”谢尔贝问道。

“对不起，老爷，我是来找哈利的。”孩子一听，便靠近母亲身边，经主人同意，伊丽莎带走了孩子。

对伊丽莎垂涎三尺的黑奴贩子说：“这个货色好，卖到奥尔良，包你发大财。”

“我不想靠她发大财。”谢尔贝冷冷地说道。

主人转移话题，问海利酒味如何。

“好酒，上等酒。”海利拍拍谢尔贝的肩膀，亲热地问：“这女子你要多少钱？”

“不卖。我老婆也不会同意卖的。”

“女人不会算账。”

谢尔贝态度强硬：“说不卖就不卖。”

“我让步，不提那女子，不过那孩子你得卖给我吧？”

谢尔贝若有所思地说道：“我这人心肠软，不忍心拆散他们母子俩。”

“我理解你的心情。不过，叫这女子到别处去待几天，等她回来，生米煮成了熟饭，再给她一些小恩惠，不就摆平了？”

“没那么容易吧？”

“黑人不像白人那样恋亲情。步骤安排对头，就有效。”海利装出一副实话实说的样儿，“干这行买卖，心肠要硬，不过，也要方法得当。如果不得法，货色又哭又闹，伤了身体，衰弱不堪，等于商品掉了价，自遭损失。以我的经验，要用人道的办法。”海利说毕往椅背一靠，两臂在胸前交叉着，一副黑奴解放主义者的样子。

趁谢尔贝先生正用心剥橘子时，他又高谈人道主义：“我卖出去的黑奴成色之好，那就别说了。你不信？那是我亲耳听人家这么讲的。货色不是一批好，是批批皆好，肥壮而光鲜。先生，我经营成功，靠的就是人道主义。”

“肥壮而光鲜”说明黑奴和货物一样待价而沽，黑奴已经没有作为人的尊严了。【语言描写】

谢尔贝“噢”了一声。

“先生，我的人道主义受到不少人的讥笑，它不受欢迎，可是，先生，我一直坚持着，真的赚了不少钱。这不叫善有善报吗？”黑奴贩子不禁自己也笑起来了。

这奇谈怪论，让谢尔贝先生也笑开了口。

“说来也怪，我的主张别人就听不进。比如说吧，我的一个朋友，对待黑奴简直是活阎王，对女黑奴拳打脚踢。我对他说：‘你会毁了她们的模样的，她们愁眉苦脸，变成很丑的女奴，卖不起价。随便给她们一点儿人道主义，不费拳脚，而且赚钱更多。’他不懂个中奥妙，毁了许多女奴，所以我和他分手了。”

海利对朋友暴力的做法颇为不屑，而他则用所谓的人道主义来贩卖黑奴，说明海利更加虚伪，令人厌恶。【语言描写】

“你认为你的经营方式真的比他强？”

“当然，当然。我尽量避免不痛快的事。比如说，卖孩子，我就把孩子的娘支使开去，这叫眼不见心不疼。等孩子娘知道了，已成事实，她无可奈何一阵子，慢慢便习惯了。黑人没受过教育，不懂得要尽力保全自己的老婆孩子，事情也就好办多了。”

“照你看来，我家的黑奴是从小没受教育的。”谢尔贝说道。

“你们的一片好心把黑奴惯坏了。你要知道，黑奴的命就是颠沛流离，今天卖给这个，明天卖给那个，后天又卖给什么人。给他思想，让他娇生惯养，对他来说没有好处，一遇上颠沛流离的苦日子，他就受不了。先生，人总喜欢朝自己脸上抹金，我相信自己对黑奴是够好啦。”

这段对话体现了海利的残忍以及虚伪至极的丑恶嘴脸，也让我们对万恶的奴隶制度深恶痛绝。【语言描写】

“这叫‘知足常乐’嘛！”谢尔贝有点儿厌恶地说。

“那黑小子的事怎么说？”海利问。

“我跟我妻子商量一下再说。”谢尔贝说道，“你想神不知鬼不觉地把事情办妥帖，那就别在附近泄露一个字。事情传到我家仆人的耳朵里，我一家人都不会太太平平。”

“那是当然，一字不提，一定。我时间不多，希望尽快听到你的答复。”海利起身披上大衣。

“那你就今天晚上六七点来听回音吧。”谢尔贝说。

黑奴贩子欠身离去。

“我恨不得把这家伙踢下楼去！”关门后，谢尔贝自言自语道，

“他在乘我之危。往日有谁劝我把汤姆卖给南方的黑奴贩子，我会回答他：‘仆人不是狗，岂可买卖？’可是今日，债务把我逼到这地步，恐怕非卖他不可了。还有伊丽莎的孩子，我太太一定不肯，就是汤姆，她也会不答应卖。这家伙竟然得寸进尺呢。”

肯特基州的奴隶制度是南方各州最温和的了。农业劳动稳定，安排也较合理，庄园主的经营方式缓和，除农忙季节紧张点儿外，一般不会使黑奴喘不过气来。

不过，人的本性也脆弱，一旦受到暴利诱惑，为达到目的便不惜牺牲弱者的利益，心肠变得狠毒起来的人也是有的。

虽然肯特基州的庄园主对黑奴和蔼可亲，黑奴也忠心耿耿，然而，在这幅使人容易产生幻想的画卷中，却笼罩着可怕的阴影——法律。只要法律把这些有血、有肉、有感情的黑人当做庄园主的私人财产看待，即使是心肠最好的奴隶主，也不能保证他家道衰败时，不将奴隶卖出去。

法律只为少数人服务，并且只为奴隶主服务，作者直指社会制度的不公平。【深化中心】

谢尔贝先生为人厚道，和蔼可亲，从来不减缩黑人的生活需求。然而，他的投机生意失败，债台高筑，海利成了他最大的债主，才有了刚才的对话。

其实，伊丽莎在客厅外，便大致听出那个黑奴贩子在跟东家讲价钱买什么人，其中有自己的孩子。离开客厅后，她神经非常紧张，心头怦怦乱跳，情不自禁地把哈利紧紧搂在怀中。怀中的小家伙惊讶地望着母亲。

“伊丽莎姑娘，你今天怎么啦？”女主人见她不是打翻水壶，便是碰着桌子，而且心不在焉，叫她拿绸衣，却拿出睡衣。

“打”“碰”“拿错”等微小的动作表现了伊丽莎内心的不安和恐慌。【动作描写】

“对不起，太太。”话刚说完，伊丽莎就倒在椅子上，放声痛哭起来。

“哎，好孩子，你这是怎么啦？”女主人问道。

“有一个黑奴贩子在客厅与老爷谈话，我都听见了。”

“傻孩子，这值得大惊小怪？”

“太太，老爷会把我的哈利卖给别人吗？”可怜的伊丽莎伤心得全身抽搐。

“卖给别人？不会的，你知道老爷从来不会卖他的仆人，只要大家规规矩矩就行。你相信世上有人比你更疼爱哈利吗？好啦，傻丫头，打起精神替我把衣服扣上吧，把我的头发梳成你新学会的那种漂亮发髻吧。下回可别再偷听人家谈话啦。”

“啊，太太，你千万别答应——把——把——”

“废话，当然不会。我宁愿卖掉自己的孩子，也不会卖掉你的哈利。你太爱你的宝贝孩子，弄得疑心重重。”女主人坚定的语气使伊丽莎放下了心，她敏捷而灵巧地替女主人梳起头来。

论智慧和德性，谢尔贝太太算得上是位高贵的妇女。她不但待人宽厚，而且有崇高的道德原则和宗教信仰。她丈夫不信教，但很尊重她坚定不移的宗教信仰。她心地慈悲，力求改善仆人待遇、教育和灵性修养。丈夫不参与，也不加阻拦。虽然他不完全相信圣人的多余功德，以及超度罪人的宗教效果，但仍在幻想中指望也许可靠妻子的有余功德升入天堂。

妄想依靠宗教掩盖自己内心的不安，说明谢尔贝先生内心非常恐慌。【心理描写】

黑奴贩子的要价，使谢尔贝先生心事重重。他知道，将此事告诉妻子，她不是反对，便是苦苦哀求。

谢尔贝太太只知道丈夫平常为人厚道，但对他当前的窘况毫不知晓，所以对伊丽莎担心的事，以为是疑心所致。事实上，她根本没把这事放在心上，加上忙着晚上去别人家做客，过后就忘得干干净净。

伊丽莎从小受女主人宠爱。

在南方有许多第一代和第二代的混血黑人女子，她们举止娴雅，谈吐温存，还有惊人的美貌，对一个奴隶来说，这并非好事而是致命伤，因为会引起许多诱惑。伊丽莎有了女主人的关照，总算平安无事地长大成人。她已经和邻近庄园的一个叫乔治·哈里斯的黑奴结了婚。

乔治是一个聪明、有才气的第一代混血儿。东家把他租借给一家麻袋厂，在那里做工。他生性灵巧，技术熟练，被大家公认是全厂的第一把好手。凭他的才智，发明了一台苎麻洗涤机。乔治一表人才，为人和蔼，在厂里颇得人心。然而，从法律角度看，他不能算做人，他是一件商品，他的命运掌握在一个强横霸道的东家手里。东家知道他的名声后，驾马车到麻袋厂，看乔治搞了个啥名堂。厂长祝贺他拥有一个如此有价值的奴隶。

乔治伺候东家参观完工厂后，高兴之时，谈吐滔滔不绝，站在那里仪表堂堂，英姿挺拔，这使东家感到自惭形秽。奴才有什么资格在东家面前趾高气扬呢？东家决心马上制止这种现象，把乔治带回家，叫他在田里刨土挖地。

“先生，”厂长抗议了，“这未免太突然了吧？”

“突然又怎样？他不是我的人吗？”

“先生，我愿意提高他的租金啊。”

“我不稀罕。只要我不乐意，谁都别想租借他。”

“他发明了一部机器啊。”一个不识时务的工人插嘴。

“噢，是的，一部省力的机器，对不？别让黑人干这个，他们本身就是一部节省劳动力的机器。”

东家的决定，使站在一旁的乔治呆若木鸡。他双手抱在胸前，紧咬嘴唇，心头像一座燃烧着愤怒火焰的火山，乌黑的大眼睛，像烧红的煤球那样火光四射。

火焰、火山、火光等词语贴切地比喻乔治内心的愤怒，为乔治以后的反抗奠定了基础。【比喻修辞】

厂长碰碰他的胳膊，轻声说：“忍耐一点儿，乔治，暂时回去吧。我们一定想办法帮你忙。”那蛮横的东家注意到了厂长对乔治的窃窃私语，说的什么，也猜到了几分，于是，越发横下心来，要对乔治严加管束。

回到庄园的乔治，抑制着自己，然而，他阴沉的目光、忧郁的面孔，这些天然的语言，表明他不可能成为一件商品。而暴戾成性的东家，还想尽办法折磨他、侮辱他，因此，这种痛苦的日子叫人更加难受。

·品读与欣赏·

作者以两个奴隶主谢尔贝和海利关于贩卖黑奴的对话引出全文，也点出了本书一些重要人物，如汤姆、乔治、伊丽莎等。谢尔贝先生因为债务而身不由己、海利的利欲熏心、乔治的聪明能干、汤姆的诚实稳重，都在本章中有了体现。同时侧面烘托了当时的社会历史环境，刻画了黑奴如货物被贩卖的悲惨命运，以及对黑奴命运的反思，直指罪恶的贩卖黑奴的社会制度。

·学习与借鉴·

1.大量运用语言描写。大段的对话描写是本章的重点，语言可以展现人物性格，并且语言一定要符合人物的身份、神态，见其声如见其人。比如伊丽莎进屋找儿子哈利时谦恭的语言就明显体现了她作为奴隶的身份。

2.人物刻画形象生动。塑造人物要从多方面展开，通过人物的性格、神态、语言、心理等方面将人物性格展现出来，学会侧面描写。比如乔治被东家要回后乔治的阴沉、忧郁的神态就从侧面表现出他内心无声的反抗。

3.巧用外貌描写。即描绘人物的面貌特征，包括人物的身材、容貌、服饰、打扮以及表情、仪态、风度、习惯、特点等。外貌描写的目的是以“形”传“神”，刻画人物的性格特征，反映人物的内心世界。如对海利的描写，则通过他身上的服饰打扮表现他的庸俗和唯利是图。

二　乔治和汤姆

伊丽莎站在门廊前，望着谢尔贝太太渐渐远去的马车。这时，背后有一只手搭在她肩上，回头一看，她眼睛闪烁出了光彩。

“乔治，是你啊，吓我一跳！你来得正好，我好高兴！到小屋里坐吧，太太出门了，没人来打搅我们。”

小屋面对走廊，平常她在这儿做活，女主人一呼即应。

“哈利，你怎么不笑啊？”羞怯的孩子，拉着母亲的裙子，鬈发下的眼睛望着爸爸，伊丽莎接着说，“你看，他长得多可爱。”

“但愿他没出世才好呢！”乔治悻悻地说。

伊丽莎听了这话，又是惊讶，又是害怕，头靠在丈夫肩头上，失声痛哭起来。

“唉，伊丽莎，我真不该使你伤心。”他爱怜地说，“要是当初我没认识你，你也许会幸福些。”

“乔治，是发生了什么事，或是会发生什么事？我觉得我很幸福，只是……”

乔治抱起孩子放在膝盖上，盯着他的眼睛，理着他的鬈发：

“长得真像你，伊丽莎，你是我心中最漂亮最完美的女人。可是，我真愿意没认识你就好了。”

“唉，乔治，你怎么说出这种话？”

“生活是痛苦的，人一辈子像黄连一般苦。我贫穷，我倒霉，我走投无路，只会拖累你。活着有什么用？不如死了好。”

“亲爱的，不许说这种不吉利的话，我知道你在厂里的事，不过，忍着点儿，也许会……”

“忍耐？我没忍耐吗？是他蛮不讲理，要我回来的。”

“不过，他是你的东家啊。”伊丽莎说。

“我的东家，谁封的？我跟他同样是人，我比他还强呢。做买卖，我比他在行；做管理，也比他强；识的字也比他多，写的字比他好。这些都是我自己学会的，他有什么权力强迫我做他的牛马？他说要制伏我，故意让我干最脏、最重、最苦、最累的活。”

“乔治，我真害怕你会干出什么可怕的事情来。你的心情，我理解。可是，你得小心啊，为了我，为了哈利。”

“我一直忍耐着，可是，一有机会他就侮辱我、折磨我。我以为只要把活干好，天下就太平了，但他硬说我肚子里有鬼，非把鬼整出来不可。”

年轻人心中燃烧着复仇的怒火，想起昨天东家儿子告黑状，父亲将他捆绑在树上，儿子用鞭子抽打他的情景，他愤愤地向天发问：“告诉我，谁封他为我的东家？”

伊丽莎骇得浑身发抖，因为她从未见过丈夫如此愤怒。

“鞭子屈服不了我，走着瞧，总有一天，我要报仇雪恨。”

“亲爱的，别说傻话，别做坏事，上帝会帮助我们、拯救我们的。”伊丽莎想宽慰丈夫。

“要是你处在我的地位，也忍不了啦。东家干的坏事，我还没说完呢。”

“还有吗？”

“这家伙恨死了谢尔贝先生，说先生不把他看在眼里，又说我跟你学粗野了。还说不让我再上这儿来，另外给我找个姑娘重新安家。我还以为只是说说罢了，昨天他果然叫我娶敏娜做老婆，不然就把我卖到南方去。”

“啊，我们不是结婚了吗？还有了小哈利呀。”

“你不知道奴隶不许结婚？在这里，法律不保护黑人的婚姻，他们的意志，决定我们的命运，孩子的命更苦。”

“谢尔贝先生心好，不会同意卖掉哈利的。”伊丽莎安慰说。

“说不准。伊丽莎，我对你说，你的儿子愈是可爱愈值钱，主人卖他的可能性愈大，你未来承受的苦痛就愈大。”

伊丽莎的心受到重重一击，面色苍白，仿佛看见那黑奴贩子，正在门廊外捕捉把手杖当做马儿骑的哈利。

伊丽莎体谅丈夫受的压力已经太重，又把涌到嘴边的话咽下肚。

“我要离开这里了。”丈夫悲戚地说。

“上哪儿去？”

“到加拿大去，这是我们唯一的希望。等有一天，我要把你和孩子赎回来，你的东家不会拒绝。”

“万一被抓住怎么办？”

“不自由，宁可死！”

“你千万不能自杀啊！”这是妻子最担心的。

“不会。我同样不会活生生被他们卖到南方去！”丈夫自信地说。

“乔治，为了我，你要小心，也别做坏事。愿上帝保佑你。”

“你放心，我回去后便装作轻松自在的样子，仿佛跟你断了关系似的，麻痹麻痹他们。不到两个星期，我就会突然失踪。为我祷告吧，也许上帝会听见的。”

“人人要靠上帝，你也祷告吧。”

“那好，再见。”乔治拉着伊丽莎的手，一动也不动，他俩相顾无言，继而又凄惨哭泣。人的生离死别就是这样。

紧邻东家住房的旁边，是汤姆大叔的木头小屋。小屋前面是个菜园，园子里面精心栽培了不少果树和鲜花，杨梅、覆盆子、秋海棠、金盏花、蔷薇花、茉莉花、牵牛花，一年四季相继争香斗艳，乐坏了克萝大娘，这些花花果果都是她的骄傲。

东家吃了晚饭，克萝大娘回到汤姆叔叔的小屋。她是谢尔贝先生家的厨娘，是大家公认的一流厨师，在庄园里身份很高，为此，她脸上流露出得意，心头还颇为自豪呢。

后院的鸡、鸭、鹅，一见她就心慌意乱，知道死期已到。她的玉米饼做得特别好，连她本人都自信地说没人能赶得上。

她最喜欢有客人来，那就是她大献手艺的光彩时刻。此时在汤姆叔叔小屋玩耍的少爷小乔治，算得上是这位印堂黑中透亮的好厨娘的知音。

正在训练汤姆写字的乔治少爷叫道:“克萝大娘，我肚子饿了，饼烙好了吗?”

“差不多了，”大娘揭开锅，黄澄澄的饼，叫人胃口大开。“烙饼嘛，就得看我的。饼要烙得两面平平整整的。”

黄澄澄的饼一出锅，克萝大娘就忙碌起来。说实在的，这饼可和糕点铺的产品平起平坐。

“摩西、彼得，走开些。菠莉，好乖乖，妈妈待会儿喂你。”又转身对少爷说，“大娘喜欢把好吃的东西给你留着，你才吃得出好坏来。”

克萝大娘把热腾腾的饼放进小乔治的盘子里:“吃吧，香着呢。”

嘴里吃着饼的小乔治说:“汤姆·林肯说，他家吉尼的手艺比你好。”

“林肯家的人算得上什么?名气有，可是，说气派，比得上老爷?说大方，比得上太太?不提这家子了。”说罢，克萝大娘把头一甩，好像她颇有见识。

当乔治少爷已经吃饱了，他才注意到两个饿得肚子咕咕响的孩子，便把剩下的饼抛给他们:“克萝大娘，再给他们烙几张饼吧。”

摩西和彼得边吃边打闹，钻进桌子又钻出来，嚷啊，跳啊，翻筋斗啊。大娘烦了，从大床下拖出粗糙的小床来："孩子上床啦，大人要做祈祷会了。"

孩子们以为祈祷会好玩，不想睡觉。小乔治也在旁说情，大娘便顺水推舟："听听祷告对你们也有好处。"又把小床推进去。

汤姆叔叔是本地一带掌管宗教事务的长者。他道德高尚，胸襟开阔，他被人们当成牧师一样尊敬。他讲道感情恳切，经常引用《圣经》里的语言，非常感人。《圣经》成为他生命的一部分。难怪人们称他"祷告通天堂"。

汤姆叔叔小屋的祈祷会还没完，谢尔贝先生的客厅里正在进行着另一笔交易。

桌子上放着纸和笔，还有几张单据。谢尔贝先生点完钞票，推给海利，海利再点验。

"没差错。"海利对谢尔贝先生说，"请在契约上签字。"

把契约一签，谢尔贝先生顿感一身轻松。他不慌不忙地从黑奴贩子手中接过借据："海利，我希望你恪守信誉，没搞清楚买主的来历，不要贸然卖掉汤姆。"

"你不是已把汤姆卖给了我吗？"黑奴贩子有点儿反唇相讥。

"我是被逼得走投无路了。"谢尔贝先生为自己寻找理由。

"你是对的，不过，我也有无计可施的时候啊。"黑奴贩子说，"我一定考虑你的愿望，只要你相信我不是个有坏心眼的人，就放心好了。"

海利自诩是人道主义者，可是，对他的人道主义原则，谢尔贝先生并不放心。虽无指望，但也无可奈何。

黑奴贩子走后，一筹莫展的谢尔贝先生，点燃了一支雪茄烟。

·品读与欣赏·

悲惨的命运使得乔治开始觉醒，“不自由，宁可死！”道出了千千万万像乔治这样饱受奴隶主欺压的奴隶们愤怒的心声，乔治终于走上了反抗的道路。同时，作者简单介绍了汤姆一家的生活状况。汤姆对宗教的虔诚，汤姆太太克萝大娘的能干热情，孩子的天真烂漫，浓重的家庭氛围展现了汤姆目前生活的安宁美好。作为一个黑奴，有这样的一切真是令人羡慕。但这一切仍然改变不了他被主人贩卖的结局，现在的温馨宁静和被卖之后的辗转不安有了深深的对比，同时也让我们对汤姆以后的生活有了深深的担忧。

·学习与借鉴·

1.善用环境描写。环境描写对表现人物和情节起到衬托和渲染的作用。如关于汤姆生活环境的描写衬托出汤姆内心的满足和宁静。

2.善用比喻。精彩的比喻可以使描写的事物更加生动形象，从而使读者印象更为深刻。比如乔治把人生比作黄连一样苦，形象地写出黑奴悲惨的人生。

三　被卖的黑奴

谢尔贝先生靠在椅背上阅读下午收到的几封信。他太太对着镜子梳理头发，这时她想起了伊丽莎那苍白的脸，还有她说过的话。太太转头问丈夫："今天在我们家吃饭的那家伙是谁？"

"他叫海利。"正在看信的谢尔贝先生说。

"海利，干什么的？"

"做生意的。我过去与他有过生意来往。"谢尔贝先生轻描淡写地说道。

"就这样便到家里来吃饭？"

"噢，是我请他来的。"

"一个黑奴贩子？"太太从丈夫的尴尬窘态中看出点儿名堂。

"咳，你想到哪里去了。"先生把头仰起来。

"不是我想的。晚饭后，伊丽莎进来，流着泪水，伤心地对我说，你在同黑奴贩子商谈卖她的孩子哈利。"

谢尔贝先生装出一副认真读信的样子，没注意到自己已经将信纸拿颠倒了。

把信纸拿颠倒也没觉察出来，表现了谢尔贝先生的心虚和不知所措。【动作描写】

他在思考，纸是包不住火的，事情总会发生，晚说不如早说好。

太太继续说："我告诉伊丽莎，老爷是不跟黑奴贩子打交道的，也不会卖掉家里的仆人，哈利也是不会被卖的。"

谢尔贝先生顺势点破主题："是这样的，我没想过要卖奴隶。只是，我的买卖亏了，恐怕是要卖出几个奴隶解危。"

"这是真的？"

谢尔贝先生大胆透露："我已经答应把汤姆卖给他。"

"什么？你把善良忠厚的汤姆卖了？姑且不说他忠心耿耿伺候了你那么多年，而且你亲口许诺给他自由的，今天就变卦了？我相信你卖了汤姆，同样相信你会卖掉可怜的小哈利。"太太又气又恨。

"事情就是这样，两个我都卖给他了。主人卖奴隶司空见惯，你干吗对我发火？"

"要卖，庄园里那么多黑人，为什么非卖他们两个？"

"黑奴贩子说，货好价高。他愿出高价买伊丽莎，你愿不愿意？"

"这个坏家伙。"谢尔贝太太狠狠地骂道。

"我没卖伊丽莎，是怕伤你的心，我做事有分寸吧。"

"对家里发生的意外，我一无所知，也许你有你的道理，不过，你得三思而后行啊。汤姆是个忠诚的仆人，当你有危难时，他会以命相保。"她不是恳请，而是对丈夫晓以利害。

"我明白。只是到了这一步，我是不得已而为之啊。"谢尔贝也有一肚子苦水。

谢尔贝太太的善良、慈祥、仁爱可见一斑，尤其这一句“骨肉之情比金钱更神圣”，表达了无论在哪个国家和时代，亲情永远是第一位的。【语言描写】

“唉，这些年来，我对孤苦无靠的黑人，在努力尽一个基督徒的义务和责任，我一直关心他们的苦乐，我谆谆教导他们博爱慈祥，不损人利己。如今，我们为己之小小利益，卖掉了仆人，我们还能在他们面前说什么呢？我常对他们说，骨肉之情比金钱更神圣。我告诉伊丽莎，一个基督徒母亲，应热爱和保护自己的孩子。现在，我怎么说？为了钱，我们狠心把她的孩子卖给了一个没有宗教信仰的人。我们为了自救，却把孩子送进地狱。”

她对着梳妆镜，重重地叹息一声。

谢尔贝太太指出了贩卖黑奴的根本原因在于奴隶制，但是改变这种制度不能依赖于宗教的博爱和仁爱，推翻万恶的奴隶制才是解决问题的最好办法。【深化中心】

“奴隶制是黑人的灾难，也是白人的灾难，我还以为自己能帮助改变这个制度，我希望不同人种平等。皈依基督教后，这种愿望更强烈，我以为用博爱、仁爱，就可以让我家的黑人活得比白人好。现在想一想，我太爱幻想了。”

“太太不愧是一个真正的废奴派。”

“废奴派还没有我了解得多，我历来不赞成奴隶制。”她的话一点儿不夸张。

“太太，你还记得，有一个牧师讲的道吗？”

“我不喜欢，希望他别再来，乱七八糟，胡扯了些什么，他们面对罪恶也无能为力，跟我们一样。无力是一回事，糟糕的是，他公然替这种制度辩护，太不可思议了。”

“我们教徒不敢说的话，他们牧师敢说，因为他们是牧师，因为他们有权站在台上讲话。太太，我不赞同他们美化奴隶制，但是，我找不到更好的办法。”

谢尔贝太太摸出她的金表，这块陈旧的表能值多少钱，谢尔贝太太也不知道。她问谢尔贝先生：“这块表能派上用场吗？能留下哈利，我愿牺牲一切。”

“对不起，我很难过，事实已无法挽回了，卖契在海利手头，我违背了自己的心愿，但是，从这个伪君子的潜在危险来看，我们算得上死里逃生了。”

“他那么狠毒？”

“他只管赚钱，在钱的面前，六亲不认，能赚钱，连他亲妈也可以卖。”

为了钱不顾骨肉亲情，作者从侧面说明了海利唯利是图的小人行径。【侧面描写】

“这么说，汤姆、哈利进了虎口，造孽啊。”

谢尔贝先生对太太说：“海利明天来带人走，大家都别当着面办事，我出门去，你也找个去处，把伊丽莎带上。回来时，交易就办完了。”

“我不是这桩罪恶交易中的同盟者，我不能视而不见。他们落难，我救不了，也该去看一看。至少，让汤姆明白，他的女主人是同情他们的。”

夫妻俩不知道，伊丽莎偷听了他们的对话。她悄悄离开客厅

运用神态描写，写出伊丽莎听到主人要将她儿子卖给黑奴贩子后愤恨、恐慌之情。【神态描写】

后，气得全身发抖，一改平时的温柔，满脸愤怒。在女主人卧室门口，她无声祈祷，回到她的房间，看见睡在床上的小宝贝可爱的小脸蛋、微微张着的嘴唇、胖胖的小手，她的心都碎了。

“孩子，他们把你卖了，妈妈不会答应的。”她没有眼泪，可是她的心在滴血。她拿出纸和笔，给好心的太太留个言，她要救出孩子：

“太太，千万不要当我是个忘恩负义的女人。今晚，我听见了你和老爷的谈话，我知道发生了什么事，我不怨你们，但是，我必须带走孩子。别怪我，你是个好心的人。”

她收拾好一个包袱，再塞进两样孩子喜爱的玩具，母亲的关爱竟是如此细微。她慌慌忙忙地给孩子穿戴好。

孩子惊异地问妈妈：“要上哪儿去？”他看见母亲的眼睛充满紧张。

“别大声嚷嚷，有个坏蛋要从妈妈怀里把我的宝贝抢走，妈妈不能没有你，妈妈现在就带你逃命，不让坏人抓到你。”

她抱起孩子，叮咛他别出声，然后蹑手蹑脚地出了门。

眼前一条狗挡了去路，并且吠了一声。她低声叫它的名字，这家伙就摇头摆尾，而后干脆跟着她小跑起来。

趁着星光，伊丽莎一行来到汤姆叔叔小屋边，她用手在窗上敲了几下。

祈祷会开得太晚，收拾完毕，已是午夜时分，汤姆叔叔还没睡。当听见有人敲窗子，克萝大娘大声问道："谁呀？"她掀起窗帘，"老头子，快开门，是伊丽莎娘俩儿。"

进了大叔的屋，借着烛光，克萝大娘问："你的脸色真吓人。上帝保佑，是不是出了什么乱子？"

"大叔、大娘，我要带着孩子逃命，他们把他卖了。"

"把孩子卖了？"大叔、大娘惊愕不已。

"连汤姆叔叔一起卖了，我听见老爷、太太这么说的，明天早上就来将人带走。"

听这一席话，站着的汤姆大叔，颓然倒在椅子上，耷拉着脑袋。

从"站着"到"倒在椅子上"，作者用一系列的动作描写写出了汤姆听说自己被卖后的吃惊程度和悲伤之情。【用词准确】

"为什么要卖掉汤姆，他哪点儿得罪了东家？"克萝大娘不解地问。

"不是老爷愿意卖人，他欠下了人家一大笔债，要还债，没法的事。听老爷、太太说，不是卖掉两个黑人，就得把庄园所有的人卖光。他们都是善良的好人，太太的天使心肠，世上难找。我离开他们真是罪过，但是，不这样不行啊，愿上帝宽恕我。"

"老头子，你为什么不逃走呢？"克萝大娘仿佛一下子醒悟过来，"人家把你卖到南方去，不是累死，就是饿死，赶快逃啊。你有一张自由通行证，就和伊丽莎一起走吧。"

汤姆抬起头，凄楚而镇静地说：

"我不走，伊丽莎该走，她是为了孩子，阻拦她走是不近人为了他人而牺牲自己，汤姆叔叔的勇敢、义气和豁达使我们肃然起敬，汤姆的高尚情操更是衬托了海利的卑鄙和谢尔贝的自私。【语言描写】

情。既然卖了我可以保全庄园和奴隶，我就舍了自己。别人受得了的，我也受得了。”也许这是老人的豪言壮语，说出来时，连胸脯也在颤动，“老爷待我不薄，他相信我，我怎么能一走了之，让他落得个倾家荡产？人可贫穷，不可无义。老婆子，这怪不了老爷和太太，再说，我相信，他们会照应你和孩子们的……”

汤姆回头看着床上的孩子，内心的悲切难以言表。俗话说，男儿眼泪贵如金，可是悲痛的眼泪从汤姆捂着脸的指缝中间流出来。这个黑奴是一个堂堂正正的人，在人生的重大不幸面前，他对痛苦的感受，跟人们完全一样啊！

伊丽莎走到门边时，回头对两位老人说：“下午我和乔治分手时，还不知道会发生这种事，他也被逼得要逃往加拿大。麻烦你们快点儿捎个信给他，就说我为什么走，我也要设法去加拿大。请转达我对他的爱，如果从此不能再相见……”她再也说不出话来，半晌，她呜咽着说道，“叫他做好人，才能在天国相见。”

黑奴们彼此叮咛又叮咛，泪洒了一把又一把，然后紧紧拥抱，才分手而去。

谢尔贝太太今天起床很晚，拉了几次铃，一直不见伊丽莎出现。

过了好一阵子，一个黑孩子给正在刮胡子的谢尔贝先生端热水进屋来，谢尔贝太太抓住机会：“安第，去叫伊丽莎快来。”

不一会儿，吓得两眼圆睁的安第回来了：“太太，伊丽莎屋里抽屉打开，东西乱扔，恐怕是昨天晚上逃跑了。”

谢尔贝知道消息走漏了：“怎么会让她有所察觉了呢？”

“上帝保佑，走了也好。”好像伊丽莎的行动，中了太太的意。

“太太，你说什么傻话啊？她一走，我的麻烦大啦，海利会疑心我放走了小哈利，这关系到我的名誉呀。”谢尔贝先生有些着急。

院子里一片忙碌，东找西找，知情者克萝大娘连半点儿风声也不漏。她做她的事，眼前发生的一切，她都装作没看见。

出了这事，乐坏了院内的黑小鬼，他们坐在门廊的栏杆上，等着自己能第一个把这坏消息告知海利，让他气死。

海利来了，黑孩子们争先恐后地向他报告坏消息。真不出孩子们所料，这家伙破口大骂，用鞭子抽打孩子们。孩子们左右躲闪他，看他气急败坏的样子，他们在草地上笑成一团。

黑孩子的开心俏皮和海利的气急败坏形成鲜明的对比，写出了两类人对伊丽莎逃跑的反应。【对比修辞】

“哪天落在我手里，要叫你哭个够。”他咬牙切齿地骂道。

黑小子们不怕骂，继续跟在背后扮怪相。

“太不像话了，一定是那婆娘带走了孩子。”这是海利见到谢尔贝先生劈头爆发的一句话。

“话别说得那么粗鲁，有女性在场。”谢尔贝提醒贩子。

已经相信这是事实的海利，愤愤地对谢尔贝说：“你做生意不诚实。”

谢尔贝一下转过身来，冲着海利说：“对怀疑我信誉的人，我只有一个答复。”

话很硬，黑奴贩子有点儿心虚，便改了口气低声说：“花钱没拿到人，你说谁受得了？”

“到人家里做客，要学会礼貌和尊敬。你掉了货，我觉得有责任给你方便，要人要马，都行。”谢尔贝先生的语气逐渐缓和下来。

谢尔贝太太托言有事，便退出去了。

“你夫人好像对我颇不高兴？”黑奴贩子在自我解嘲。

“我不喜欢别人在背后谈论我妻子。”谢尔贝反击一句。

遭此闷棒，海利心头不快，心想：“借据还了他，他就神气起来了。我真他妈的太人道主义了。”

汤姆叔叔的厄运，像一阵风，刮遍了庄园，像朝廷官员被贬谪一样，引起轩然大波。还有伊丽莎的出走，也有了轰动效应。其中有人想借机捞点儿好处，黑山姆认为：“世上没有绝对好和绝对坏的事情。不是吗？汤姆下台，总得有人补缺啊，我怎么不行呢？我上台，不就是得好处啦。”他正得意于他的远见卓识时，安第喊他了：“老爷叫你把马找回来。”

> 把厄运比作风，把汤姆叔叔被卖的消息比作朝廷官员的贬谪，说明了汤姆在庄园中的重要性，比喻手法的运用增强了文章的生动性。【比喻修辞】

“出事了吗？”

“不知道。伊丽莎带着哈利跑啦。”

“我比你早知道。”山姆骄傲地说。

“快把比尔和杰利套好，我们要去追伊丽莎。”

“哈，运气来了，老爷看得起我山姆啦，抓住伊丽莎和孩子，给老爷露一手。”

“我告诉你，太太可不愿意我们抓住伊丽莎母子。”安第点醒他。

“噢——”山姆睁大眼睛，大有不解的意思。

“你知道，老爷从来都听太太的话。太太说‘走了也好’，是什么意思，你自己掂量掂量吧。”

山姆把裤子朝上一提，这是他思考问题时的习惯。

“这个世界的事，真是摸不透。”山姆的话好像很有哲理，特别强调“这个”二字，以表现他阅历的丰富。

山姆当然决定要站在太太这边，要升迁，不讨好太太行吗？正在这时，站在阳台上的谢尔贝太太招呼山姆过去。

“山姆，你去帮助海利先生，可要留点儿神啊。”太太语义双关。

“我一定留神。”山姆说。

“杰利的腿不好，别骑得太快。”太太把“别太快”三个字说得特别郑重。

“放心吧，太太。”山姆总算懂了太太的意思。

谢尔贝太太的善良、山姆的懵懂被作者用对话刻画得活灵活现。【语言描写】

山姆调头对安第说：“太太在拖延时间，我们助她一臂之力，解开马，让它们朝树林跑。”安第会意地笑了。

这时，海利从门廊出来了，从神态看，他的情绪好多了。

“嘿，伙计们，”海利喊道，“动作利索点儿，抓紧时间。”

山姆把套马的缰索递给海利，扶他上了马，不料马腾空而起，又把主人摔下地来。山姆扑将过去，像义仆救主的样子，结果适得其反，几匹马分开，各自跑得更远。海利骑的那匹马干脆钻进树林里去了。在追马过程中，山姆忒卖力，跑呀嚷呀，勇敢得很。

> 山姆的“扑将”和假装卖力，以及他神态的活灵活现，表现了他的狡黠和调皮，让人读了不禁会心一笑。【动作描写】

海利在骂，谢尔贝先生在指挥，山姆在演戏，谢尔贝太太在窗前看着混乱的场面暗笑。

一场围追堵截的游戏完了，人饿了，马累了。

“老爷，吃了中饭再走吧。”山姆恳求海利。

谢尔贝太太看出了山姆的用心，也来帮腔，劝说海利吃过中饭走。

在院子里，安第对山姆说：“你好老练啊。”

“是吗，谁说的？”

“太太看着你直笑，还需要谁说。”

山姆一边刷着马，一边教育安第：“我会‘察言观色’。你知道不，一个黑人有了这种‘察言观色’的本领，那就非同一般了。我眼看耳听，明白了太太的意思，我就用手段拖时间。安第，你要学会用头脑。”

“我早晨不提醒你，你还看不出苗头。”

“安第，你有希望，我非常佩服你，所以我照你的意思去做，这不丢脸。我检讨自己，不该看不起人，聪明人也会干傻事，是吧？汤姆大叔很能干，你也很能干。”

·品读与欣赏·

伊丽莎勇敢地带着孩子走上了逃亡的道路，她的坚韧、聪颖、善良以及不屈服的态度让我们深深感动。而汤姆面对被主人卖掉的命运时，他的善良、义气同时也让人感动。两个黑奴做出了两种不同的选择，也预示了他们以后不同的命运道路。谢尔贝太太的宽容和仁慈也让我们感到庆幸，幸好有了谢尔贝太太的帮助，伊丽莎才能安全带着哈利逃走。但是要改变黑奴被贩卖的命运，仅仅凭借宗教信仰是不行的，最根本的还是要推翻奴隶制度，给予黑人以“人”的权利。

·学习与借鉴·

1.侧面描写的运用。侧面描写的运用对人物性格的刻画起到衬托作用，使得人物性格更加丰满，有时比正面描写更有说服力。例如，通过谢尔贝先生嘴里说出海利的嗜钱如命，更能体现海利的唯利是图的本色。

2.巧用俗语。俗语的运用能使文章具有亲和力，可以拉近文章和读者之间的距离，使文章更生动。如文中运用的俗语“男儿眼泪贵如金”。

3.夸张手法的运用。夸张是为达到某种表达需要，对事物的形象、特征、作用、程度等方面着意扩大或缩小的修辞方式。使用夸张手法，可以烘托气氛，增强文章的感染力。如文中伊丽莎准备逃亡，和汤姆一家分手的时候，“泪洒了一把又一把”就充分体现了伊丽莎当时悲痛的心情。

四　伟大的母亲

坚强的伊丽莎脚踩着结冰的地面，寒冷向她袭来，她不禁打了个寒噤。在寒夜的星光下，她感到孤单、害怕，风中树叶声，也会令她心惊胆战，面无人色，只能疾步向前小跑。

孩子一直在她怀中，虽然孩子完全可以自己走，但伟大的母爱，给了她巨大的力量，抱着孩子逃命，似乎安全多了。

可以说，此时此刻，除了急于逃出魔爪这一愿望外，她脑子是空空的。她不知道，茫茫大地，该奔向何方？一想起黑奴贩子，她就不寒而栗。哈利的小脑袋靠着母亲的肩头，小手紧紧地挽着她的脖子。小哈利是她的灵魂和生命，不能让狠毒的坏人毁了自己的孩子。她喃喃地祈祷着："上帝啊，救救我们母子呀！"

"妈妈。"孩子好像听见母亲在自言自语。

"睡吧，乖乖。"

"我怕睡着了被抓走。"孩子担心着。

"妈妈保护你，睡吧。"

母爱使她愿为孩子做牺牲，所以她伟大。这不是空洞的豪言壮语，母子的骨肉亲情是她的真实而坚定的生存基础。孩子睡着了，孩子身上的热气、孩子轻微的呼吸，是一种精神力量，鼓励她前进。

天亮时分，她已经远离了熟悉的环境，上了去俄亥俄州的道路。

这时，她开始放慢自己的脚步，怕的是自己的仓皇会引起别人的注意。一路上，母亲照顾着孩子吃早餐，懂事的孩子把饼干喂进妈妈的嘴里。“不，乖乖，只要你没脱离危险，妈妈是吃不下东西的。”

中午，他们来到一家农舍。农舍主妇对人和气，也爱说话，于是很快与伊丽莎交谈起来。从紧张中松缓过来的伊丽莎告诉女主人，她带孩子去那边走亲戚。农妇相信了。

黄昏，母子来到俄亥俄河边。时值初春，河里还浮动着层层叠叠的冰块，宽阔的河流成了横挡在她与自由之间的障碍。

伊丽莎走进河边一个小店，正在灶边忙碌的老板娘停下活，问道：“有什么事？”

“去对岸有渡船吗？”

“停了。你想过河吗？好像你有急事？”

“我孩子病得很厉害，要尽快看医生。”

“运气真不好，我也为你着急。”老板娘沉思着，“啊，有了。今晚有个人要运几桶东西到河对岸，到时我替你说说，也许行。”

老板娘叫伊丽莎把哈利放在床上，小家伙很快便入睡了。伊丽莎毫无睡意，她一直担心后面的追逐者。

伊丽莎的害怕是多余的，为什么？看看庄园里发生的事，就明白了。

谢尔贝太太留海利吃午饭，说来也怪，这午饭就是迟迟摆不上桌来。到厨房问一问？用不着问，那里一切乱了套：克萝大娘的动作不慌不忙，也不催促闲着的小子、姑娘，任凭他们东走西窜；肉汁碰倒了，再搅肉汁；水桶打翻了，再去井边提水；这边祸事还没了，那边的奶油盆又被碰翻了。

有人催快上菜，黑奴贩子已急得团团转了。

“活该，他不改邪归正的话，坐立不安的日子还在后头。”克萝大娘愤愤地说。

“他要入地狱。”黑人杰克说。

“该！”大娘举起叉子说，“他坏事干得太多，《启示录》上说，总有一天，上帝要替我们报仇雪恨。”

主人终于吃上饭了，汤姆回到厨房，大家正在诅咒黑奴贩子。于是，他大声对孩子们说：“不该用恶毒的话咒骂别人。圣书上说，要爱你的仇敌，要为欺凌你的人祈祷。”

“老天，我办不到啊。”克萝大娘说。

“克萝，上帝安排一切，这家伙将来的罪受不完啊。”

“我们一定会看到他的下场，是不是，安第？”黑人杰克说。

安第打了一个口哨，表示同意。

“我不怨老爷，这是没办法的事。我担心我走了，老爷家的事没人替他照料。你们心地都不坏，但是一个个粗心大意。”

汤姆的话还没说完，东家就把他叫去了。

“汤姆，你听着，我向这位先生保证，你一定等着他把你带走，否则，罚我一千元。”谢尔贝说。

“是，老爷。”汤姆说。

“别耍鬼把戏，”黑奴贩子对汤姆说，“你们一个个都像泥鳅那么滑。”

“老爷，从我八岁开始，我就伺候你，直到现在。我想问老爷一句：我是否曾不守信用，曾不服从命令？”汤姆说。

汤姆的话感动了东家，泪水充满谢尔贝的双眼：

“汤姆，我的好仆人，你没有什么做得不对的地方，我是被迫出此下策。”

谢尔贝太太说：“我以基督名义发誓，等明年钱凑齐了，一定要把你赎回来。你只要告诉我你的新主人是谁，住在哪儿。”

“太太，只要有钱赚，愿为你效劳。”黑奴贩子谄媚地说。

太太打心眼儿里鄙视这个人，不过，为了伊丽莎母子的安全，她故意跟他闲谈，还赔上殷勤的笑脸。

下午两三点钟，山姆和安第才将马备好，海利一声“上马”，追捕队伍出发了。

到了庄园边缘，海利命令：“顺着大路追。”不过，山姆提了一个问题：“到了河边，是两条路，一条是公路，一条是土路，又走哪条呢？”

开头，安第被山姆的话弄糊涂了，但立刻又开了窍，便一个劲儿附和山姆的说法。

山姆说："我估计，伊丽莎会走土路，因为没人走。"

海利狡猾，不会上当，但是听了山姆的话，不免也犹豫起来。

"你们两个搞什么鬼名堂？"海利的多疑派上了用场。

"公路、土路，老爷自己选。"山姆说，"我们无所谓。不过现在想来，走公路要好些。"

"她当然走偏僻的路。"海利做出自己的判断。

"不一定，女人的选择变得快，男人说一不二。所以，你说她走土路，她就会走公路。"

海利是个男子汉，坚持自己的判断："走土路。"接着又问山姆，"走土路有多远？"

"不太远。"山姆丢个眼色给安第，又继续说，"可是再想想，不该走土路，因为我没走过，万一迷了路，就麻烦了。"

"别叽叽咕咕没完，"海利说，"说走土路就走土路。"

"想起来了，小溪一带有篱笆隔着，是不是，安第？"

这一次，安第真的不知道了，没有肯定，也没有否定。

海利生性心眼儿多，对谎言轻易便可看穿。他相信山姆第一次选择土路是正确的，只是后悔漏了真情，为了伊丽莎，便编造了说东道西的谎言，引他走上错路。

土路原本是条大路，只是修公路后，走的人少了，便废弃了。

一路上，山姆眼睛尖透了，大声嚷着，那是女人的帽子，伊丽莎在山谷里。这消息很重要，可崎岖的山路，马儿跑不起来，急死了海利。

果真，一座谷仓挡了去路。海利大发脾气："坏蛋，你明知过不去，还引到这里来。"

"我说过，你不听，安第，是不是这样？"

有证人，海利再也发不起脾气来，于是掉转马头走公路。

虽然人为拖延了不少时间，但是，当海利三人到达河边时，山姆打头，第一眼就看见了站在窗前的伊丽莎。近在咫尺，危在一旦，山姆发出一声尖叫，这熟悉的哨音，惊动了伊丽莎，她忙将身子缩进去，三人的马像风一般奔驰而过，转向前门。

伊丽莎看清楚追兵来了，心一急，不假思索，抱起孩子往河边逃命。海利看见了，呼唤着，像老鹰抓小鸡般扑将上去。

伊丽莎不顾死活，拼命直奔，脚不着地像在飞。到了河边，一鼓作气，一声狂叫，蹚过流水，跳上了河面冰块。她这亡命一跳，把追兵也吓得惊叫起来。

就这样，她一刻也不停留，从一块冰跳上另一块冰，摔倒了马上蹦起来。鞋掉了，袜破了，流血了，她没有看见，没有感觉，逃命的本能支撑着她。

接近对岸，一个男人过来扶她上岸，说："你真不要命了。"从这个男人的面貌和声音，她认出他是老家附近的庄园主。

"希姆斯先生，行行好，救救我吧！"伊丽莎哀求着。

"你不是谢尔贝家的人吗？"

“我的孩子被卖了，希姆斯先生，你也是有孩子的人啊，亲生骨肉怎么能分开？”

上了岸，那人说：“我喜欢有胆量的人，我愿意帮助你，但是，我没有藏你的地方。”

于是，那汉子把她引向不远处一座不当街的大房子，对她说：“别担心，他们是慈善人家，会帮助你的。”

“先生，你不会把我的事告诉别人吧？”

“你当我是什么人？乖乖走吧。你自由了，应该享受它啦。”

伊丽莎的疯狂逃亡，惊呆了海利，他茫然不知所措地看着山姆和安第。

“好勇敢。”山姆说。

“这婆娘疯了，像只野猫子。”海利说。

“老爷，我们实在不该走那条路，请原谅。我心里真不好受，你相信吗？”山姆说着，忍不住咯咯地笑了起来。

“还笑？”黑奴贩子气急败坏地吼道。

“我实在忍不住了。她活像一只野猫：摔倒蹦起，蹦起摔倒，叮咚叮咚，咔嚓咔嚓，笑死人啦。”说罢，山姆和安第哈哈大笑，笑得眼泪都流出来了。

“我要叫你们哭！”海利把马鞭向他们抽去。

二人急忙跑上岸，不等海利追上，他们已翻身上了马背。

“老爷，再见。”山姆一本正经地说，“太太担心杰利，你也用不着我们了，太太也不会乐意我们在外耽搁太久。”

鞭一甩，马儿奔跑，晚风中飘荡着山姆和安第的笑声。暮色蒙蒙的俄亥俄河，隔断了黑奴贩子对伊丽莎的追捕。无计可施的海利，只好回到岸边小店，休整一下，再作打算。老板娘将他安顿在一间小客堂，因为家具摆得过多，更显得地方狭窄。

坐在躺椅上的海利，居然也思考起人生的不可捉摸。"我为什么一定要那个小黑鬼呢？"事实上，小黑鬼的事已把他搞得狼狈不堪。海利用最肮脏、最下流的话把自己臭骂一通。正在此时，海利突然听见门外的喧嚣声，便从窗口张望。不望便罢，这一望，来劲了，好像濒临淹死的人抓到了救命稻草一般。

"嘿，汤姆·洛克，天下事真巧，当年分手今年会。"海利把手伸向一个高大的彪形汉子。这位叫洛克的汉子，干的是追捕手的行当。

寒暄后，洛克向海利介绍自己身边一个叫麻克斯的人。

"同伙的？"海利开门见山地问。

"喂，麻克斯，这就是我当年的伙计。"洛克说。

麻克斯向海利伸出像乌鸦爪子似的手，说："认识你，很高兴。"

紧接着，海利要显大方："朋友们，难得一聚，好好喝几杯，我付账。"回头对老板说，"掌柜的，拿酒来，让我们喝个不醉不归。"

喝着酒，海利便大倒苦水。麻克斯听得最专心，细长的下巴差点儿碰着海利的脸。

其实，这三个男人对待黑奴，特别是对女黑奴，都各自有一套办法，当然，洛克是以暴力制伏黑女人的能手。这正是海利与他分道扬镳的原因。

多喝了几杯的海利，开始重申他的道德原则：“我过去就说，对黑奴好一点儿，这是人道。把他们养得好，卖好价你就赚大钱。再说，做了好事，升天堂也容易。”

“别老调重弹，叫人恶心。”洛克公开反对。

“我做买卖要赚钱，”海利继续说，“但是赚钱不是一切，我们还有灵魂。你爱听不听，我都说出来，我信教，我要好好修养我的灵魂。”

“你也有灵魂？”洛克反唇相讥，“就是魔鬼用篦子篦，也篦不出你的灵魂来。”

“洛克，干吗这么大火气？听听对你有好处啊。”

“闭嘴。”洛克恶声恶气地说，“少念你的道德经。别怪我直言，你跟我一样，要多狠有多狠。现在想做圣人？哼。”

“别吵了，谈生意好不好？看法不同，各有招数，海利有良心，你洛克有能力，吵它干什么？能赚钱就是好汉。”麻克斯说，又再次想从海利那里得到证实，“海利先生，你的意思是，要我们帮你把那黑娘们儿搞回来？”

“我不要那娘们儿，我只要她的孩子。嘿，买那孩子，我也真笨。”

“你是个天生的笨蛋！”洛克不给面子。

“得了，得了，动什么肝火，有生意就做，看我的。喂，海利先生，你说那女人长得咋样？”麻克斯的兴趣来了。

“长得不错，皮肤有光泽，蛮有教养。能买过手来，定赚大钱啊。”

有钱赚，麻克斯眼睛亮了，鼻子嘴巴也活跃起来：“正好，那婆娘漂亮，我拿到奥尔良去卖，好脱手。衙门里有我兄弟，花不了多少钱。洛克嘛，专门打架；我嘛，当和事佬。我的本事就是能将扁的说成圆的，将圆的说成扁的，添枝加叶，耸人听闻。”

“够了！”汤姆·洛克咆哮起来，一拳砸在桌上。

“别浪费你的拳劲，砸烂杯子算谁的？”

“二位老兄，难道没有我一份？这活儿是我给你们找的，中介费百分之十如何？”海利问。

洛克朝桌子上又是一拳，破口大骂道：“你他妈是个啥东西，我不知道？我们给你办事，白干活吗？那娘们儿归我们，你再废话，娃娃也归我。谁怕谁，你也来追我们啊！”

“好，好，就照你的意思办吧。”海利吓得惊慌失措，“我只要孩子，别的归你们。洛克，我知道你是公道的。”

“知道就好，”洛克说，“我说到做到，就是下地狱，我也不赖账。”

“我听你的，那就一礼拜内交人交钱。”

“你是一条泥鳅，难得抓住你，一旦抓住，我便不放手。现在先给我们五十块钱，否则，休想得到孩子。”

“抓到那个女人，你们就能赚一千五六百块啊。”

“万一抓不到，你会付钱吗？我们活动要用钱，赶快拿出来，事成还你，这还不公道？”

听说洛克他们手头的生意已有好几桩，要求都不高，逮到的死活都不论，自然花钱不多。海利要的是活的，所以很担心在价格上遭洛克宰。

“今天晚上过河。”洛克说。

“没有船呀。”麻克斯说。

“管不了那么多，不能再耽误时间。”听口气，这就定了。

麻克斯本想说点儿什么，洛克继续说道：“麻克斯，你怕死，对不？别说不怕，你这小子。听老板娘说，今天晚上有条船过河，我们也过去。”

关于伊丽莎的命运，麻克斯是这样分析的：“不怕她逃，就怕北方黑奴同情者将她藏起来。只要她在旷野里用脚走路，猎狗就有用。”

海利无奈，付了五十块钱，当夜三人分道扬镳。

当黑奴贩子海利对自己委托洛克追捕伊丽莎娘俩是否成功尚无把握时，山姆和安第快快乐乐回了家。

听到石子路上的马蹄声，谢尔贝太太一阵风似的跑到围栏边来：“山姆，伊丽莎呢？”

“她已经过了俄亥俄河，到了幸福乐土。”

听了这话，太太高兴得差点儿昏了过去。

“太太，上帝保佑她，用火轮马车把她接到俄亥俄州去了。”在太太面前，山姆十分虔诚，常用《圣经》里的比喻。

谢尔贝先生紧紧抱住太太：“你全身直哆嗦，你太激动了。”

“我是激动。难道我不是一个女人、一个母亲，没有疼爱子女的感情？上帝啊，请别把这笔账算在我们头上。”

“我们是不得已啊。”

“我总有一种负罪感。”

在谢尔贝先生的催促下，山姆将伊丽莎怎样飞奔过俄亥俄河，一个男人怎样救走她的精彩场面绘声绘色地描述了一番。当然也不会忘了告诉老爷和太太，是他第一眼看见窗前的伊丽莎，又是怎样向她递出信号，等等。

“真不敢相信，人‘飞’起来了，简直是个奇迹。”谢尔贝先生说。

“上帝永远为我们创造奇迹。”山姆说。

“谢天谢地，她总算没有死。唉，可怜的姑娘，现在你在哪儿呢？”

“太太别担心，好人自有老天保佑，这就是太太爱说的‘天意’，一切在‘天意’。”

山姆的虔诚并未激起主人对他的夸奖。

“好啦，到厨房吃饭去吧，也许你们早饿了。”谢尔贝太太说。

说不清楚山姆和克萝大娘之间到底有什么宿怨，反正关系淡漠。今天山姆要想饱餐一顿，便暂时妥协，在克萝大娘面前尽量卖好，以体现她在主人之外的崇高地位。他的谦卑，果然换来一顿丰富美餐，脆馅饼、鸡翅膀、鸡肝、火腿、玉米饼和火鸡腿，让他美美地吃了一餐。

吃好了，话也就多了。别小看山姆，演讲起来像个参加竞选的政治家，讲起故事来，是个半吊子文学家，他那些添油加醋的细节描述，还真吸引了大人和孩子们。

冷不防，安第戳他的脊梁骨："早晨你说要帮助海利抓住伊丽莎，后来又让她跑了，不是牛头不对马嘴吗？"

"安第小子，你不懂，你没'另会'（领会）指导行为的原则。""另会"二字把大家镇住了，不过大家相信那一定是个关键字眼。

山姆继续说："人要明辨是非。先说要逮住伊丽莎，我听出是老爷的意思；当我发现太太的意见跟老爷相反，我明辨是非，便站在太太这边。大家想一想，做事不能前后一致，原则有啥用？"

"原则"一词，经山姆阐释，真是天才的经典：比如爬草囤，先放梯子在那边，爬不上去；又把梯子放在这边，爬上去了，你能说前后不一致？不管梯子放在哪边，目的是爬上去，这就是前后一致。

"老天有灵，就这么一回，算你前后一致了。"克萝大娘不耐烦地说了一句。大娘情绪不佳。

山姆意犹未尽："男女同胞们，我有原则，并为此而骄傲。只要是原则，我大力支持，哪怕人家要用火把我活活烧死，我也迎着火焰上；为了原则，我要流尽自己最后一滴血。"

"你说够了。"克萝大娘下逐客令了，"你的原则里也该有这么一条：今晚早点儿睡。好啦，不想挨打的孩子们，快走。"

山姆挥着他的棕榈帽："全体黑人们，祝福你们，乖乖睡觉。"

在山姆带有感伤情绪的祝福中，人群散去了。

在参议员伯德家的客厅里，炉火熊熊，孩子们调皮地玩着游戏，议员夫人不时要警告他们。其间，她也和丈夫说上几句。

这几天参议员在外视察，今天才回来清闲一下。听说他头疼，太太便过去取药，参议员制止住她："不用了，回家喝口你亲手沏的热茶，头就不痛了。"

伯德太太是个矮小的女人，淡蓝色的眼睛、桃红色的脸蛋，说话时，让你感受到温柔和甜蜜。她是个心地善良的妇女，虔信基督教。她心肠软，非常富有同情心，就是胆子太小，大块头的火鸡，可以把她吓得四处跑，狗嘴一张，她就不敢动弹。但是，就是这位纤柔的女子，却不能容忍酷戾和残暴，嫉恶如仇。她爱孩子，但是只要他们虐待小动物，她就愤怒地用鞭子抽打他们，虽然事后她会暗暗哭泣。

"你们参议会最近在做什么？"先生惊了，一贯不关心政治的太太，怎么一下子提出这么一个问题。

"没什么特别的事。"先生不以为然地回答道。

"据说通过了一项法令，不让民众帮助逃亡的黑奴。一个基督教国家不应该立这样的法。"

"那些废奴主义者太过分了，立个法，免得他们随心所欲，四处蛊惑人心。"

"留黑奴吃顿饭，给几件衣服，也是罪？"

“那正是包庇罪和教唆罪。”

“可耻、可恨、可恶，这哪里符合基督精神。只要有机会，我才不管它，简直不像话。”伯德太太果断地说。

“玛丽，你的同情心是对的，但是，别感情用事，这里有公众的利益问题，所以要把个人的感情抛开。”

“我从《圣经》中知道，应该同情饥寒交迫的人，要给他们衣穿，给他们饭吃，给他们安慰。我不能不听《圣经》的。凡事遵从神的意思，是最妥当的。”她趁势又问丈夫，“约翰，我问你，一个逃亡的奴隶站在你门前，你会赶走他吗？”

我们的参议员生性善良，对苦难中的人做雪上加霜的事，他是万万干不出来的，这正是太太向他层层逼问的缘故。参议员还想用责任之类的话来支吾。

“什么责任？责任就是要好好对待他们的奴隶。奴隶忍饥挨饿，遭人凌辱，他们不跑，等着死？”

伯德先生正想辩解两句，伯德太太又说开了：“你们这些政治家，说话不直截了当，喜欢兜圈子，把简单的问题复杂化。其实，我知道你跟我一样，认为它不合理，也不会照办。”

正在参议员无话回答时，黑人管家卡特卓来说“请太太来一下厨房”，太太出去了，他才松了口气。

没过多久，他突然听见妻子喊：“约翰，快来。”

厨房的景象，令他大吃一惊。椅子上躺着一个妇女，衣衫破烂，袜子被划破，裸露的双脚，还流着血，躺在那儿如死人一般，使人一眼便看出是一个倍受凌辱的女人。太太和仆人立即对她施行急救。代娜老大娘说:“从她的手看，她不是干粗活的。”

慢慢地，这个女人苏醒过来，迷惘地瞧着太太，然后惊骇地叫道:“我的哈利在哪儿，被他们抓走了吗?”

“可怜的女人，别害怕，我们这里很安全，没人会伤害你。”这时，旁边的孩子走过来，抱住自己的妈妈。“上帝保佑!”女人说着倒在一张临时搭起的床上。女人和小男孩渐渐入睡了，她在睡梦中，胳膊还紧紧搂着孩子，生怕失去他。

回到客厅，伯德先生先开口说话:“她是什么人?干什么的?”“等她醒来，问问便知道了。”

又是先生开口:“太太。”

“什么事?”

“你的衣服，她能穿不?好像她的个子比你大些。”

一种意味深长的笑容呈现在伯德太太的脸上:“待会儿看看吧。”

沉默片刻，先生又喊道:“哎，太太。”

太太问:“又是什么事?”

“把我那件斜纹布外套给她，她没有衣服穿呀。”

这时，代娜进来把太太请到厨房去。

少妇已经坐在靠背椅上，虽然表情苍凉，但情绪平静，与先前的恐惧形成反差。

“你要见我吗?”伯德太太温柔地问，“别害怕，我们都是自己人。告诉我，你从哪里来?出来干什么?”

“我从肯特基来。”醒来的伊丽莎将她怎样逃跑、怎样过河的情景叙述了一遍。

“从冰上过来的？”听众大有难以置信的意味。

“后面有追兵，我顾不得许多了。我拼命跳，上帝救了我和我的孩子。”

在伯德先生的询问下，伊丽莎讲出了她的身份和出逃原因。这时，她敏锐地发现伯德太太戴着孝套。她问：“太太，你感受过失去亲人之痛吗？”

这一问，揭开了这家主人尚未愈合的伤口，一个月前，这家人才埋葬了一个宝贝孩子。

先生无言，太太痛哭。过了一会儿，太太说：“我刚失掉一个孩子。”

“那你一定会同情我。我死了两个孩子，我逃出来了，只剩下这一个，他是我的一切，他们卖掉他，我受不了，我要孩子。”

她没有眼泪，也无泪可流，但是周围听众却是眼泪汪汪。伯德先生哽咽着问伊丽莎：“发生了这种事，你怎么还说东家好？”

“确实是好东家，太太心肠也很好。东家欠债落在坏人手中，没有办法，迫不得已卖了我的孩子。”

“你有丈夫吗？”

“有的，他是别人家的奴隶。他家的主人对他太狠了，要把他卖到南方去。”

“那么，你准备去哪儿？”

"去加拿大。我要是知道加拿大在哪儿就好了。"她抬眼望着太太。

"苦命的女人。"伯德太太一声叹息。

"加拿大很远吗?"

"可怜的孩子,你想象不到有多远呢。"伯德太太说,"不过,我们会帮助你的。相信上帝,上帝保佑你。"

伯德先生在客厅里踱着方步,喃喃抱怨道:"麻烦,麻烦。"最后,走到太太身边,说,"今晚她必须离开。她有个小孩,问题就会出在这里。孩子静不住啊,东跑西窜,稍不留意就暴露了。从我们家里把他们抓走,那才糟透了。"

"今天晚上,怎么可能,去哪儿?"太太急迫地问。

做了几种表述,伯德先生总算讲清楚了他的安排:离这里几英里的树林子里,住着凡·特朗培先生,他把自己的奴隶都解放了,他的住地偏僻,人不易去,而且难找,她去了,一定安全。麻烦的是怎样去。

为了掩人耳目,他说:"卡特卓把马车赶到前面那家酒店去,那里可以换乘三四点钟的驿车去州府哥伦布,人家以为是我去,而后我再用马车亲自送她去特朗培家。行不行,就这么着?"

苦心筹措,赢得了太太的夸奖:"约翰,你的心比你的脑袋强。"

走到门边的伯德先生,回头对妻子说:"小亨利不是留下一抽屉衣服吗?"那是他们亡儿的纪念品。作为母亲,拉开抽屉后,太太见物伤情,理在其中。她伤心地说:"我要把它送给比我更伤心、更苦命的母亲。”

世上不乏好人，他们把自己的痛苦化作他人的幸福；他们挥泪埋葬了自己在尘世的希望，这希望的种子变成香花和药剂，医治苦难人的创伤。

一家人的忙碌，一家人的善心，一家人的勇气，深深感动了伊丽莎。面对送她上车的伯德太太，她说不出话来，只用手指了指上天，此时无声胜有声。

此时的参议员，从高高在上的慷慨陈词的议会讲台，回到真实的现实世界，面对孤苦无告者的凄婉哀求、落难母亲的绝望呼吁，他善良的天性，使他陷入尴尬处境。如果说，这位心灵高贵的参议员在政治上有罪的话，那么，今天晚上舍身家性命营救处在绝境中的人的善举，足以抵消他的罪过。

早年的西部地区，像俄亥俄州，肥沃柔软的土质是制造烂泥道路的祸害。于是，人们用横木铺设在泥泞的路上，再在横木上盖上黏土或别的什么材料，这就有了俗称的马路。日子一久，疏于维修，黏土流失，木头横七竖八，中间还断裂出许多黑糊糊的大窟窿。

“嘭，嘭”，车子掉进了泥坑。卡特卓在车外拉呀，推呀，后轮起来了，“哗”，马车的两个前轮又陷入黑窟窿。如此周而复始，车上的人就像装在盒子里的骰子，相互碰撞。母亲和孩子颠成一团，参议员的手肘碰着她的帽子，他自己的帽子又落在地上。四个车轮全卡住了，伯德先生下车帮忙，一不小心，连人也掉了进去，好不容易卡特卓才把他从泥淖中扶了起来……已是深夜时分，车身还滴着水的马车才在小溪边出现。

马车停在一农舍前，有人叫醒了主人。主人举着蜡烛，用迷惘的目光打量着来人。主人叫约翰·凡·特朗培，身材魁梧，心地善良。从前，他是肯特基州的一个奴隶主。他是那种“貌似凶狠，菩萨心肠”的人，一辈子看不惯邪恶事。有一天，对自己奴役他人的罪过实在忍不下去了，便拿出钱到俄亥俄州某县，买了该县四分之一的土地，然后，给他的奴隶每人发放一张自由证书，去那里安家落户；而他自己却到了这偏僻的小溪边，过着隐居生活。

“特朗培先生吗？”参议员问。

“正是我，有什么事？”

“先生乐意收下这母子过一夜吗？”参议员向主人简述了她的悲惨遭遇。

“有什么不行的？进来进来。要是追到我的家里，我会对付他们的。我有七个儿子，个个高大强壮，对付得了。”奴隶解放者梳弄了一下头发，得意地大笑起来。

苦命的女人抱着酣睡的孩子来到门边，主人借助烛光看了她一眼，怜悯地哼了一声，然后，把她安置在一间小屋里。点上蜡烛，主人对伊丽莎说：“妇人家，你放心。”又指着墙上挂着的猎枪，“不少认识我的人都知道，要从我这里抓人走，那是吃力不讨好的事。放心睡吧，就像睡在妈妈的摇篮里。”

他又回头对参议员说：“姑娘人才出众，又重感情，逃走是有道理的。一个正派女子当然要这么做。”

参议员说：“感谢你如此关爱和保护她。”

“噢，噢，人之常情嘛。她逃命如丧家之犬，惶惶不可终日，为了什么？无非是她有情感和做母亲的责任心啊。”他流眼泪了，“我过去不信教，因为不同意牧师说《圣经》赞成拆散骨肉亲情。后来，我遇见另一位牧师，他说《圣经》没这样讲，我才皈依基督教。”

说完话的特朗培，打开新鲜苹果酒款待客人。

“你也住一宿，天亮再走吧。”特朗培热情地对参议员说，“我叫老婆起来铺床。”

“谢谢你，好心人。”参议员说，“但我要马上就走。”

“那好吧，我送你们一程，带你们走另一条路，那条路好走多了。”

特朗培提灯在车前带路，从后门走到山谷处。分手时，参议员往特朗培手里塞了一张十元币。“这是给她的。”参议员简单地说。

“好的，好的。”特朗培用同样的语气说。

他们握手告别。

·品读与欣赏·

本章写得真是惊心动魄，伊丽莎是一个柔弱的女子，平时不做粗活，没受过多少苦的她居然迸发出那么大的力量保护自己的孩子，在冰冷的环境下逃亡，面对凶神恶煞般的海利爆发出无穷的力量和勇气，让人不禁感慨母爱的伟大力量。伊丽莎虽然暂时摆脱了追踪，但是海利是不会轻易放弃的，这让我们为伊丽莎的未来担心。伊丽莎的逃亡之路充满艰辛，但是幸好有很多好心人给了她无私的帮助，伯德先生一家、凡·特朗培先生等人像一盏盏明灯照亮了伊丽莎的道路，同时也为伊丽莎照亮了未来的路。

·学习与借鉴·

1.情景交融。自然中的景物往往要服务人物性格内心的，即景为情生。如寒冷的天气衬托了伊丽莎逃亡之路的艰辛和伊丽莎内心极度的恐惧。

2.情节跌宕起伏。情节设定一波三折，要注意曲折和巧合，使情节和人物性格能够淋漓尽致地展现出来。如伊丽莎的逃亡就充满了曲折和艰辛，描写张弛有度。

五　汤姆叔叔的离开

阴沉的天气映衬着人内心的不安。【衬托手法】

二月的早晨，一个天气阴沉的日子，人的脸也是阴沉沉的。汤姆叔叔的小屋里，克萝大娘正在烫主人的衣服，在那件烫过了的衣服上烫了又烫，不时用手擦去脸上的泪珠。

汤姆的膝盖上摊开一本《新约全书》，天色尚早，孩子们还在睡觉。

黑人重亲情，汤姆最典型。他默默地走到小床边，看着他的小女儿，说："最后一次啦。"

克萝大娘放下熨斗，放声大哭起来：

"只有听天由命了。太太说，两年内赎你回来，天哪，到南方去的没一个回得来的。"

"克萝，那里也是上帝管啊。"

"也许吧，"克萝大娘说，"上帝有时也听任一切发生，我放不下心。"

"我在上帝手中，"汤姆说，"他不会让我太受罪，我知道他不会的。”

汤姆以坚定的心灵之爱，安抚自己的亲人，勇者的胸怀啊。

“我们应该多想想东家给予我们的恩惠。”他相信谢尔贝先生是好心人。

“恩惠？”大娘有点儿不以为然，“什么恩惠？他们做得太不对了！老爷不应该拿你替他抵债，你给他挣的钱比你身价还多，几年前他答应给你自由。我总想不通，他为了解脱自己，竟然卖了你。对这事，上帝会裁决的。”“克萝，我们最后一次在一起，你就别说这样的话了。再说，我不愿意听见人家说老爷的不是。他们是东家，善待仆人，但不会看重仆人，你不能指望他们什么。比比别的东家，谁得到过我这样的待遇？他要是早知有今天，就不会让我遭此厄运，肯定的。”

“不管怎么说，这事有点儿不对头。错在哪里说不清楚，我总觉得有点儿不对头。”这是克萝大娘的顽固劲儿。

“你应该顺从上帝，他是万物的主宰。”

“那我也不放心啊。”大娘说着便动手和面，想做顿早饭让丈夫好好吃一次，“今后不知还能不能吃上这样的饭了。”

黑人被卖到南方去的痛苦，有两个原因：其一，他们天性拥有眷恋家室的感情；其二，从小他们就把被卖到南方视为惩罚。黑人中流传着南方的一些骇人听闻的故事，更增添了他们的害怕与恐惧，在他们看来，南方

简单的解释说明了黑人被贩卖到南方的痛苦原因，给读者一个交代。【插叙手法】

就是茫茫蛮荒地，去者不复归。

据一位逃亡者中的牧师说，逃亡者大多承认，原来的东家待他们都不错，但是，一旦面临被卖的危险，他们便四处逃奔。冒险不是他们的天性，只要厄运威胁着他们本人、丈夫或妻子、儿女时，他们勇气倍增，总抱着逃脱苦难的一线希望，甘愿忍受旷野的饥寒与痛苦，甚至被抓回去的可怕结局。

没有压迫就没有反抗，就如伊丽莎一样，如果她的儿子不被贩卖，她也不会被逼迫着走向逃亡的道路。为了亲人，人能迸发出无尽的勇气。【深化主题】

最后的早餐热腾腾地摆上桌，克萝大娘使出了浑身解数，蒸鸡、玉米饼很合丈夫口味，还有几瓶在最隆重的场面才拿出来的果酱。摩西伸手抓了一块鸡肉。

“啪”，一记响亮的耳光落在摩西的脸上，克萝大娘说：“这是你爸的最后一顿早餐，你得意啥？”

“克萝，你……”汤姆温柔地说。

“我心里太难受啦，所以总爱发脾气。”

望着娘的孩子，也放声大哭起来。

“来吧，孩子们，你们也吃点儿吧，妈不该发火啦。”多亏了孩子们的狼吞虎咽，要不然这些东西还会原封不动地留着。

没有华丽的辞藻，只是淡淡的几句话却包含克萝大娘对丈夫无尽的关爱，细微处见深情。【细节描写】

克萝大娘边收拾衣物，边对汤姆说：“法兰绒裤放在这边，小心穿，今后没人替你补；破袜子我昨晚给你补好了，补衣服的线团也一并放在里边。”说到这里，大娘悲从中来，暗自落泪。

这时，有一个孩子喊道：“太太来啦。”

谢尔贝太太看得出，克萝大娘给她端椅子时并不高兴，但她没在意。她本想对汤姆说点儿什么，可是，话还没出口，便忍不住呜呜咽咽哭了起来。

“太太，别……”想劝说太太的克萝大娘也哭了，一下子，屋里哭声一片。

在卑微的与高贵的眼泪共洒的同时，被压迫者和压迫者的怒火熄灭了；善心人居高临下的施舍，怎能抵上这诚实的眼泪？

虽然谢尔贝太太是主人，汤姆是奴仆，二者的身份天差地别，但是谢尔贝太太像对待亲人一样用心对待汤姆，体现了谢尔贝太太的仁爱。【反问修辞】

“好汤姆，”谢尔贝太太说，“我给你钱，别人会拿走；但是，我当着上帝发誓，我随时打听你的下落，凑够钱，就赎你回来。”

此时，门“嘭”地一声被粗暴地踢开了，黑奴贩子海利怒气冲冲地进来，说：“喂，黑家伙，准备好了吗？”边说边又向在场的谢尔贝太太脱帽行礼。

克萝大娘将箱子关上，狠狠地瞪了黑奴贩子一眼。汤姆扛起沉重的箱子，跟着新东家走出了门。两个孩子眼泪汪汪的。

当汤姆一家人朝门前停放的马车走去时，庄园的黑人，不论男女老少，围在马车周边，送别他们的总管家和基督教传教士。“克萝，你比我们还沉得住气。”克萝阴沉而平静的神态，使一个女人这样说了一句。

“我的眼泪哭干了。”她仇恨地瞪着那个贩子坏蛋。

海利在人群憎恶的目光中走到马车边，对汤姆说：“上车。”说着，用一副脚镣铐住汤姆。

黑人为此鸣不平，谢尔贝太太也对海利说：“我敢担保，海利先生，这没必要。”

“已经丢了一个五百多元的，不敢再冒险了。”

昨天乔治少爷去朋友处做客，走得早，不知道这消息。出门时见不到他，汤姆心里好难受。

从“松气”到“悔悟”到“不安”，简单的几个词语把谢尔贝先生的内心变化展现出来。【心理描写】

老爷也到乡下去了，那是故意回避交货时的不愉快。卖汤姆时，摆脱海利，他松了一口气；后来太太的规劝，激发起他内心的悔悟；汤姆的男子汉似的无怨无恨，更使他情绪不安。

黑奴贩子一扬鞭，马车上了路，走了一英里，这贩子在一铁匠铺停了下来。他吩咐铁匠为汤姆定做一副大点儿的手铐。铁匠认识汤姆，说：“我认识他，是个老老实实的奴隶，用不着手铐。”

海利说：“跑的奴隶都老实，他们对在哪儿安身不在乎；那些酒鬼和懒汉，更是啥也不在乎，所以老是在你身边打转转。老实的奴隶恨死了这玩意儿，但是把他们铐起来，总是必要的。”

铁匠对海利说：“黑人在那边死得快呀。”

“死得快，市场才兴旺嘛。”海利说。

坐在铺子外面的汤姆，听见马蹄声，正在诧异时，乔治已跃上车来，紧紧抱住汤姆的脖子，哭着，抱怨着：“这太不像话了，卑鄙，下流，可耻。我要是老爷，这事绝对做不出来。”

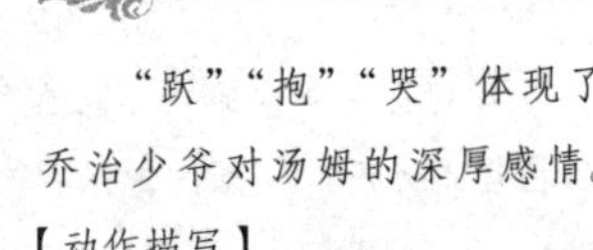

“跃”“抱”“哭”体现了乔治少爷对汤姆的深厚感情。【动作描写】

“啊，啊，乔治少爷，见到你我好高兴呀。”

乔治看见汤姆脚上的镣铐，高举双手：“可耻！那家伙在哪儿？”

“乔治少爷，别揍他。惹火了他，还是我吃亏。”汤姆说。

“那就算了吧。”乔治说，“家里人没有通知我，太可耻了，要不是汤姆·林肯告诉我，我还被蒙在鼓里。我把家里人狠狠骂了一通。”

“那不对吧，乔治少爷。”

“我忍无可忍了。”说着，他面对着汤姆，“我给你一块银元。”

“哎呀，我不能收，绝不能收。”

“非收不可！”乔治说，“克萝大娘叫我在中间打个洞，穿上线，吊在你脖子上，别叫人看见。我真想骂那家伙，这样心里才好受。”

“别这样，我不会得到好处。”汤姆说。

“保存好银元，看见它时，就记着我一定要把你从南方赎回来。要是爸爸不干，我会不客气的。”

“啊，千万别用这种口气谈论你父亲。”

“我并无恶意啊。”

汤姆面对卖他的主人依然保持豁达，没有一点的抱怨和愤恨。【语言描写】

汤姆劝说乔治："少爷，说话要留神，别乱说。做一个正人君子，正人君子不会说一句不尊敬父母的话。做你母亲那样的好基督徒，做你父亲那样的好东家。我这样说话，少爷，你不会生气吧？"

"不，你一向教我学好。"

这时，海利拿着手铐走出门来。

"喂，先生，你不能这样对待汤姆叔叔。"

"谁叫他是黑奴呢。"

"你贩卖人口，不觉得可耻吗？"乔治愤怒了。

"大人先生们要买，我就卖，说到卑鄙，我和他们相差不多。"只有不要脸的人，才说得出不要脸的话。

"我曾经为做一个肯特基人而感到骄傲，今天我……我感到可耻！"骑在马背上的乔治，环顾四周，仿佛希望全州的人会重视他的见解。

"再见，汤姆，坚强起来。"乔治说。

"再见，少爷。"汤姆用慈祥的目光凝视着离去的乔治，直到那张真诚而稚气的面孔消失。这时，他的手紧紧地把银元按在胸口。

海利走到马车边，把手铐扔在车上，告诉汤姆："打开窗户说亮话，你对我公道，我对你公道；你老实，我待你好。黑人的鬼点子多，都瞒不过我。安下心来，日子好过，不然的话，就别怨我。"

这是黑奴贩子初始对付黑人的老生常谈，他以为这样可以释放奴隶的怨气，免除对立与冲突。

同车异梦，是当前对海利与汤姆的思维状态最准确的描述。

海利想的是，把汤姆养肥养壮，上市时能卖多少钱；怎样将黑奴的数量凑够，以及男女奴隶与儿童的身价。他又想到自己，认为自己心肠有多好，想到不给汤姆戴手铐是多么善良，再一想，这些不一定能获得汤姆的感激时，他发出灰心丧气的叹息。他为自己咋会这么慈爱而惊诧不已。

汤姆琢磨的是《圣经》中这段警语："他们所渴望的是那更美好的、在天上的城，上帝并不因他们称他为神而觉得耻辱，因为他已经给他们准备了一座城。"这些话语对汤姆产生了一种神奇的作用，原来失望的心灵，激发起了勇气、力量和热情。

圣经的警语使得汤姆原本绝望的心情又有了希望，宗教的精神力量可谓巨大。【心理描写】

车到华盛顿时，海利先把汤姆关了起来，因为他要到市法院门前去参加黑奴拍卖活动，从中找到赚钱的机会。

十一时左右，拍卖开始。一阵人声喧哗，矮个子的拍卖人进场了。海利买下两个男黑奴。

"小家伙，该你啦。"拍卖人叫道，用木槌敲了一下孩子，"让大家看看你灵不灵活。"

"把我们母子一起卖了吧。"一个老婆子央求道。

"滚开。"拍卖人粗鲁地喝道。

老太婆伤心地哭了，拉着被海利买下的孩子，海利麻木不仁地说："把她拖开。"就这样，相依为命的母子被活活地分开。

海利带着孩子和另外几个男黑奴，登上了一艘轮船，沿途又上来了几个黑奴，是海利和他的同伙早就买好了的。在底层甲板上，海利买的黑奴坐在一块低声交谈着。

一个叫约翰的黑奴对汤姆说："我的老婆还不知道我被卖了。"

"她在哪里？"汤姆问。

"就在一家客栈里，今生今世再也见不到她了。"苦命的约翰流出的眼泪，与白人有什么不同，命运却如此大相径庭？见此情景的汤姆，勉强地安慰了他几句。

一大，船在码头停靠片刻，海利有事上了岸。不久，海利带着一个黑女人和一个小孩上了船，刚才还喜滋滋的她，一下子和海利争吵起来，原来海利又在与东家联手骗卖黑奴。

"老爷说，让我到丈夫做工的那家旅馆当厨娘，不是卖我。"妇人说。

"可是，他真的把你卖了啊。"

女人对着河面出神，她无奈地接受了现实。

妇人还在伤心，海利又干起了新的勾当。

"这孩子卖多少钱？"一个陌生人问。

"五十块。"海利出价。

"开玩笑，十个月的娃娃不好带。"

"黑孩子好养，就跟喂狗一样，很容易。"

“我出三十块，”陌生人说，“多一分也不给。”

“你要是诚心买，这么办，大家各让一步，就四十五块吧。”

“好，一言为定。”那人沉默一会儿说。

“成交了！”海利说。

夜色明亮而宁静，轮船朝着路易斯维尔码头徐徐前进。那妇女怀中的孩子睡熟了，她把他放在货箱中的凹进处。当听人喊路易斯维尔时，妇人跑到船边，向着码头，睁大眼睛，希望在一群旅馆仆人中，搜索到丈夫熟悉的面孔。

海利乘机麻利地把熟睡的孩子交给陌生人。那汉子抱过婴儿，迅速挤进上岸的人流中。

轮船开动后，妇人回来时发现黑奴贩子在旁边，孩子不见了踪影。

“我的孩子！”她惊慌地叫嚷起来。

“别瞎嚷嚷，孩子我卖了。晚告诉你不如现在就说穿。卖给一户好人家，比跟着你过得好。”

黑奴贩子的“人道主义”已经登峰造极，面对那妇人的绝望而疯狂的目光，你和我都会感到不安，而他却把这一切看得那么轻松，完全习以为常。他看出妇人痛不欲生的神情，心想：没关系，只要你不闹，不引起风波，就万事大吉。他跟这个怪诞制度的拥护者一样，坚决反对动乱。

她木然，昏沉沉，心死了，欲喊无

“欲哭无泪”“欲喊无声”这简单的两个成语形象地表现出妇人内心的悲伤，哀大莫过于心死。【用词准确】

声，欲哭无泪，直愣愣坐着。

海利觉得还是应该尽量宽慰宽慰这个苦命的女人："你是个聪明人，我一定替你找个好东家，还可以另外嫁人……"

"老爷，别跟我说话。"她转过脸去，用衣襟蒙住面孔。

汤姆看到了这桩买卖的全过程，无奈他是个无知的黑人，除了替她感到万分伤心之外，没有别的认识。他更说不出，美国国法的残酷，竟然将有生命的、有智慧的、永生的灵魂，和一包包、一捆捆、一箱箱的货物视为一类。

汤姆对宗教的信仰已经使他对这些悲惨状况无能为力，他没想到这种状况的根源就是万恶的社会制度和法律。【深化中心】

夜深了，人声淡去，可以听见船头的波浪声。突然，一个黑影从汤姆眼前闪过，直奔船舷，接着，扑通一声，除他之外，谁也不知道发生了什么。他抬起头，已看不见那妇女，只见亮晶晶的波涛，仿佛并未吞没她似的。

在汤姆的灵魂深处，一个声音在说：忍耐吧，受难的耶稣。荣耀的上帝，绝不会忘记受压迫者的痛苦。用爱心感化人吧，因为，救赎我们之年必将到来。

"忍耐"可能就是汤姆的人生法则，这种被动的忍耐和不反抗更是加剧了贩卖者嚣张的气焰，也把自己推到更加悲惨的境地。【心理描写】

第二天，海利知道女奴投河自尽，却好像什么事也没发生，这类事他已司空见惯。他只是归罪于阎王断了他财路，一分钱没赚到反而蚀了本。

黑奴贩子失望地坐下来，取出小账本，在"耗损"栏注销了这个淹死的女人。

黑奴贩子灭绝人性，可憎、可恶、可恨、为人不齿，是上流社会不予接纳的，但是，他们的存在是事实。

谁造就了黑奴贩子这个群体？谁的罪更大呢？是支持这个制度的那些有文化、有教养、有知识的人呢？或是那些被人轻视的黑奴贩子呢？黑奴贩子是制度的产物，而你们的引经据典构成了黑奴贸易的社会基石，使这种行业有立足之地啊。能说你们有学问，他们无知？你们高贵，他们卑贱？你们高雅，他们庸俗？你们聪明，他们愚蠢？到了审判末日，就条件而论，贩卖黑奴情有可原，可你们，是责无旁贷。

·品读与欣赏·

汤姆叔叔的离开给每个人带来了悲伤，妻子、儿子甚至谢尔贝一家都难过之至。汤姆没有抱怨，只是把希望寄托在宗教上，他希望万能的上帝能救助他们于苦难之中。随着汤姆叔叔的离开，作者也带着我们看到了黑奴的悲惨状况。黑奴如同货物一样被随意贩卖，母子被迫分离，夫妻被迫分开，绝望的黑奴除了死没有任何希望，所有这些最根本的原因就是罪恶的奴隶制度。广大黑奴只有团结起来，共同反抗、推翻奴隶制度才能改变这一状况，才能和白人一样有作为“人”的权利。文中选取了一个妇人在孩子被卖后跳海自杀的情境详细描写，突出中心思想。

· 学习与借鉴 ·

1.塑造人物群像。刻画人物群像要有轻有重，点面结合，详略得当。汤姆离开时各人的反应不同，表现不同，表现了每个人独特的性格特征。

2.内心冲突的描写。写好内心冲突就在于写出人与自我的冲突。如汤姆面对被贩卖的命运时内心的矛盾冲突，更能很好地展现人物的心灵世界。

六　异乡重逢

这是一间典型的肯特基小旅店兼酒吧，今天细雨濛濛，这里聚集了各式各样的人物在饮酒避雨。

身穿猎装的本地人、墙上挂着的猎枪、屋角堆放的子弹，还有猎狗和小黑奴，一看就知道，这是肯特基的时尚。壁炉边两个大汉，椅子朝后仰，帽子扣着脸，沾泥的靴子肆无忌惮地跷得高高的。西部男子的帽子是大丈夫的标志，质地不同、款式不同、戴法不同，显示的是个人的独立精神和性格特点。

壁炉燃着熊熊的火，几个上身赤裸、下穿大裤子的黑奴在忙碌着，为老板伺候着客人。

黄昏时分，走进一位旅行者。此人身材不高，衣着严谨，圆脸和蔼可亲。把自己的行囊弄进门后，他找了一个暖和的角落，把东西塞在椅子下，然后瞥了一眼那位在壁炉边高跷着长脚、不断吐痰的汉子。

“嘿，老乡，你好啊？”那大汉对新来的旅客打招呼。

“幸会，幸会。”旅客说，努力避开对方粗鲁的敬意。

这时，对方才看清楚旅客是位老先生。

“那墙上贴的是什么？”看见一群人围在一张告示前，老者不禁问道。

“悬赏捉拿黑奴的。”有人说。

于是这位叫威尔逊的老者，小心翼翼地整理了一下提包和雨伞，然后戴上眼镜，不慌不忙地看起告示来：

“出告示人家逃跑第一代混血黑奴一名，名叫乔治。逃者身高六英尺，浅色皮肤，棕色头发；聪明伶俐，知书识字，善于言辞。其人身有刀疤，右手烙有H字母。凡能生擒或证明其死者，赏洋四百块。”

老者轻声念着，仿佛在细细琢磨。这时，长脚汉走过来，对着告示啐了一口咀嚼出来的烟汁。

“这就是我的态度。”他坦然表态，说完便坐下。

“这为了啥呀，老乡？”老板问道。

“不好好待奴隶，跑了活该！”他说，“要是出告示的人在这里，我还要朝他脸上吐唾沫呢。”

“对，此话不错。”老板边记账边说。

“老兄，我也有黑奴，”长脚汉又说开了，“我对他们说：‘伙计们，你们跑吧，逃吧，溜吧，什么时候跑都行。’说来也怪，你要他跑，他反而不跑了。我担心自己有一天会倒霉，干脆发给他们自由证书，都备了案。我的看法是，你把黑奴当狗看待，得的便是狗心肺；你把黑奴当人看待，得的便是人心肠。不瞒你们说，我这样待黑奴，从他们身上得的好处，比我支付的多得多。”

“你说得完全正确，”威尔逊先生说，“我认识这个逃亡黑奴，聪明好思，还发明了洗麻机呢。”原来他是伊丽莎丈夫乔治工作过的麻袋厂厂长。这里悬赏捉拿的正是伊丽莎的丈夫乔治。

旅馆门口又到了一辆轻便马车，车子很气派。旅客身材魁梧，仍不失绅士模样，他有着西班牙人的黑皮肤，黑眼睛清秀而传情。众人一看，就知此公非等闲之辈。他泰然自若地走进酒吧，走到柜台前，称自己是来自肯特基州谢尔贝郡奥克兰市的亨利·巴特勒。接着，转身将告示从头到尾看了一遍。

“吉姆，”他对他的仆人说，“我们在贝南旅馆碰见的那个黑人，像不像这个被通缉者？”

“有点儿像，老爷，”仆人说，“只是不知手上是否有烙印。”

“这，我倒没留心观察。”陌生人漫不经心地说，然后告诉老板开间单人房间，他要写点儿东西。老板吩咐下人，六七个黑奴便忙碌了起来。从这位客人进门起，厂长威尔逊对他就有一种好奇的感觉，仿佛在什么地方见过，但一时又想不起来。当二人目光相对时，威尔逊先生顿感惊愕，身不由己地向他走去。

那人反客为主，主动握住威尔逊厂长的手，像是老相识，说：“先生，还认得我吧？谢尔贝郡奥克兰市的巴特勒。”

“噢，噢——”威尔逊厂长以梦呓般的语气回答着。

黑人来通知，客人的房间准备好了。

“先生，我有点儿生意上的事想和你谈谈，到敝室坐一下，好吗？”

威尔逊先生梦呓般地跟着客人，进了楼上的房间。壁炉的火刚生起，燃得正旺。客人打发仆人走后，反锁了门，回身直看着威尔逊先生。

“乔治。”威尔逊先生惊叫起来。

“我是乔治。”年轻的客人说。

“真不敢相信。”

“我妆化得不赖吧？”年轻人说道，“皮肤、头发都染了色，看不出来是悬赏捉拿的黑奴吧？”

“不过，乔治，你的玩法太危险了。”

“敢作敢当。”乔治自豪地说。

乔治的父亲有白人血统，母亲是个黑奴，于是他具有欧洲人清晰的面庞和高傲、倔强的气质。所以，只要对皮肤与头发的颜色稍作改变，就成了西班牙绅士，很难辨真伪。

威尔逊先生心地善良，但却胆小怕事。见了乔治，固然高兴，可是心头却七上八下，想帮他忙，但又想维护法律秩序。他处在矛盾之中，他想说服乔治遵守国家法律。

“我的国家？”乔治悲痛地说，“我只有坟墓。”

厂长用《圣经》里圣徒劝浪子回头的故事说服乔治。

“威尔逊先生，别引经据典了。”乔治两眼炯炯有神，“我妻子是基督徒，我逃出来后，也想皈依基督教。我想问万能的主，追求自由有什么错？”

老人处在矛盾的痛苦中，他一方面同情乔治的境遇，另一方面，他又规劝他听天由命。

乔治挺立着，双手交叉抱在胸前，嘴角泛起一丝苦笑。他说："威尔逊先生，如果印第安人把你从妻儿身边掠走，你会听天由命吗？"

无论从哪个角度看威尔逊老板都是一个诚实的善者，他总以为自己的劝说是对乔治的挽救。当看见乔治隐藏在腰间的匕首和手枪时，这一意图更加强烈。

"乔治，别铤而走险，你会触犯国家法律啊！"

"我们没有国家，是你们的国家，是压迫和奴役我们的国家。法律不是我们制定的，又没有经过我们同意。"乔治走过去，毅然坐到他的面前，"我坐在你面前，无论从哪方面讲，与你不一样吗？我的脸，我的手，我的身体，跟别人有什么不同？难道我不是人？"

乔治从幼年时起，便过着悲惨的生活。兄弟、妹妹和母亲，都被东家卖了，身边只剩下一个姐姐。可是，虔诚的姐姐却遭到东家的百般打骂，就因为她虔诚，后来与别的奴隶一起被铁链拴住，卖到奥尔良去了。

他没有父母，没有姐妹，没有亲人的疼爱，想起这些，他忍不住泪水涟涟。后来他到威尔逊先生的工厂做工，又遭到东家的刁难和侮辱。

"威尔逊先生，你目睹东家剥夺我的工作，拆散我们夫妻，扬言将我卖掉，这一切是你们的法律给予他的权力。违背天理人情的法律，在肯特基州，谁敢说个不字？我要去加拿大，谁也拦不住我，我是个亡命徒，为争取自由，我以死相拼。”

言者一直在室内走动着，听者不断拭着脸上的眼泪。

威尔逊先生从座位上站起来，破口大骂：“这帮坏透了的家伙，可恶至极，年轻人，你走吧。小心啊，千万别开枪，至少，不要打中人，听见了吗？现在，你妻子在哪儿？”

“跑了，带着孩子，向北方跑的。谁知今生今世能不能再相会。”

“想不到她会从一个善良的东家处逃跑。”

“那是因为你们国家的法律，允许一个善良的东家可以卖掉他家的黑奴来抵消欠债。”乔治的话包含着辛辣讽刺。

乔治的身世打动了正直的厂长，他改变初衷，从口袋里摸出一叠钱来：“拿去吧，乔治。”

“不用，你会受牵连的。”乔治说。

“你一定得收下，钱是哪儿都有用的，来得正当，多多益善，你一定要收下，小伙子。”

乔治身边的仆人，同是逃亡者，只是他已经到过加拿大，这次回来，是想带走他可怜的母亲。在未救出母亲之前，先把乔治送到俄亥俄州。

“乔治，你有了惊人的变化，腰板硬了，说话也犀利了。”

“因为我现在是自由人了，”乔治骄傲地说道，“我自由了。”

“你们的胆子真不小，敢闯进离东家不远的旅馆来。”

“俗话说，最危险的地方，才是最安全的地方。我走得近，人们才绝对想不到，按习惯，他们一定拼命朝前追。再说，人们认不出我是告示上的那个人，只有你认出了我，所以，我请你上楼谈一谈，免得你惊慌失措，露了我的马脚。”

他们又交谈了几句，老者起身告辞，刚到门边，乔治又喊住威尔逊先生，他想委托老人替他办件事。

“你说吧，乔治。”

“你说得不错，我冒险太大，我死了，世上没有人关心我。”他说时呼吸急促，“但是，我忘不了我的妻子。她要是听到我被捕的消息，知道我已经不在世了，她会伤心流泪的。我求先生，在那个时刻，把这枚小别针交给她，这是她圣诞节送我的礼物。请告诉她，我永远爱她。可以吗？”

老先生接过别针时，眼里噙着泪水，用颤抖的声音说：“当然可以。不过，我相信你不会死，相信上帝吧。祝你平安，这是我唯一的心愿。”

“我在想，到底有没有一位可以相信的上帝？”乔治心酸地问道，“你们有个上帝，我们有没有呢？”

老者声音哽咽地对乔治说：“别这么说，小伙子，上帝在暗中，我们不得一见，但是，他的宝座奠在正义和公理之上。上帝存在，相信上帝吧，万事有报应，不在今生，定在来世。”

老人的慈善与虔诚，使他的话庄重而威严。

乔治站着思索了一会儿，平静地说道：“谢谢你说的这些话，我的朋友，我会思考它的。”

西米恩·哈里德先生家的宽大厨房里，伊丽莎正坐在一张摇椅上专心绣花，她的小哈利在她身边跳来跳去，像只蝴蝶。

在她旁边坐着一位五六十岁的老妇人，脸庞红润如桃，头上银丝光亮，额头上无岁月留下的痕迹，好像只刻有“天下太平，与人为善”的字样。

这位雷切尔·哈里德老太太的膝盖上放着一个盘子，她正把干桃子捡进盘子里。

“看来，你还是想到加拿大去，伊丽莎？”她挑着桃子，顺便问道。

“是的，太太，”伊丽莎断然说，“我不能久留。”

“到了那里，你准备干什么呢？你一定要有考虑，闺女。”雷切尔的神态，让人觉得“母亲”两个字用在她身上是再恰当不过了。

伊丽莎的手在发抖，她说：“能找到什么活就干什么活，我想是能找到的。为了哈利，我心神不宁，昨天夜里，我还梦见那人来了。”

“你放心，我们村子里从来没有逃奴被别人抓走过。我想你的孩子也不例外，这是上帝的旨意。”

房门开了，一个矮胖的小妇人出现在门口，身穿朴素的灰衣服，胸前别着平整的白手绢，她叫露丝·斯特德曼。进门后，她用手绢掸去风帽上的灰尘。她年龄在二十五岁左右，爱整洁，是个又健康，又诚恳，又健谈的讨男人喜欢的小妇人。

“露丝，这就是我跟你谈起的那个孩子——伊丽莎·哈里斯。”哈里德太太说。

露丝握着伊丽莎的手，像老朋友似的说：“很高兴认识你，我给你的小宝贝带了点儿蛋糕来。”说着，把蛋糕递给哈利。

“彼得斯怎么样？”开始做点心的雷切尔问道。

“噢，好些了，”露丝说，“早上我替她叠了床，下午，西尔斯去给她烤面包，我晚上去扶她上床。”

“我明儿去替她洗衣服，看还有什么要缝补的。”雷切尔说。

她们正在谈论去照料有病的或身体欠佳的人。

西米恩先生回来了。

“你姓哈里斯，是吗？”进门他问伊丽莎。

“是的。”伊丽莎回答说。

西米恩带回来了好消息：伊丽莎的丈夫此刻就在村里。

雷切尔告诉伊丽莎：“闺女，你的丈夫已经从主人家里逃出来了。”

伊丽莎全身的血液顿时涌上来，脸红一阵，白一阵。

“坚强起来，闺女，”雷切尔说，“他在我们朋友那里，晚上到这里来。”

“今天晚上，今天晚上。”伊丽莎重复着，她不敢相信这句话的意思，头脑昏昏的。

说它是梦，又是如此真实；说它是巧合，也道是无巧不成书。在善良人的帮助下，在印第安纳州的一个乡村农庄，逃亡的伊丽莎和丈夫乔治相聚在一起。

第二天，在雷切尔大娘的带动下，大家动手准备乡间的盛大宴会庆贺夫妻重逢。乔治和白人平起平坐，同桌进餐，还是生平第一回。他刚入席时，不免显得拘束和不自在，可是，如此热情洋溢的款待，使别扭的感觉在柔和的晨光中迅速消逝。

在这里，乔治第一次有了家的感觉，于是皈依上帝的信念在他心头酝酿。这信念像灿烂的阳光，冲散了黑暗、厌世、悲观、失望的阴影，可怕的绝望情绪在充满生机的福音面前，即将化为乌有。

“爸爸，要是你又被人发现了怎么办？”小西米恩问。

“那我得交罚款。”老西米恩镇静地说。

“要是他们判你坐牢呢？”

“你和妈妈还管不了这个农庄吗？”老西米恩含笑回答。

“定出这种法律真可耻。”

“不能说政府的坏话，小孩子。”父亲严肃地说，“上帝赐我财物，就是叫我帮助穷人。”

“哼，我恨透了蓄奴者！”孩子说，显然他的感情不符合基督精神。

乔治抑郁地说：“善心人，不要因我们给你惹麻烦呀。”

“不肯见义勇为，还算基督徒吗？”

“你们受牵连，我实在过意不去。”乔治说。

“我的朋友，我们这样做，不光为你，而是为了上帝和人类。”西米恩说。

他们商量定了，就在今天晚上十点钟，由菲尼亚斯·弗雷彻把他们送到下一站去。

“你放心，乔治，我们全村人都是主的信徒，仁爱是我们的信念。”

·品读与欣赏·

看到逃跑的乔治和妻子伊丽莎一家三口终于克服种种困难团聚的样子，我们不禁松了口气。乔治的聪明，伊丽莎的坚韧，还有他们对彼此的爱和信念帮助了他们，当然还有很多帮助他们的无私的好人。本章写得一波三折，当我们看到缉拿乔治的告示为他担心的时候，乔治却以一个新身份出人意料地出现在我们面前；当我们担心伊丽莎被追回的时候，伊丽莎也在好心人的帮助下有了宁静的生活；当我们为他们夫妻二人何时再相见烦恼的时候，两个人意外地相聚了。作者的安排可谓巧妙之至，增强了文章的表现力，让读者产生了浓厚的阅读欲望。

·学习与借鉴·

1.矛盾冲突扣人心弦。把人物置身于紧张的冲突中，造成一种戏剧效果，使文章波澜起伏，摇曳生姿。本章中，伊丽莎带领儿子的逃跑艰辛而紧张，一个弱女子能摆脱追逐已经是竭尽全力，当我们为她的命运担心时，她却和丈夫团聚，在紧张的矛盾冲突中，文章层次分明。

2.情节巧妙。一波三折的故事情节可令故事引人入胜，文似看山不喜平。本章的情节设置巧妙。如乔治的逃亡之路充满艰辛，处处危机，却总能逢凶化吉，情节引人入胜。

七　汤姆的新东家

浩荡的密西西比河奔腾在一望无际、渺无人烟的大荒原中，它是一条梦幻般的具有传奇色彩的河流。它那浑浊不清、汹涌澎湃、浪花四溅、滚滚向前的流水，承载着多少黑奴的眼泪、受压迫者的悲叹、贫穷和孤独者的祈祷。这也是一条贩卖黑人的贸易走廊。

金色晚霞洒在辽阔的河面上，一艘沉重的轮船在徐徐前进。

甲板上堆满了方方正正的棉花包，在棉花包高处的一个角落里，坐着卑微的汤姆。

因为有了谢尔贝先生的介绍，更重要的是汤姆的诚实行为，让他取得了海利的信任。海利解除了对他的监视，就像假释犯人，可以在船上自由活动。平常，汤姆不是在船舱帮助水手干活，就是爬到棉花包的角落读《圣经》。

过了新奥尔良，河床高于地面，旅客在甲板上，就像站在一个漂浮的城堡上，将无垠原野尽收眼底。一个庄园接着一个庄园，汤姆即将投身其间。

黑奴们在庄园干活的场景，使汤姆想起了肯特基的那个庄园。他仿佛看见与他同时长大的伙伴们熟悉的面孔；他看见他忙碌的妻子在张罗着替他做饭；他听见他的孩子们游戏时发出的嘻嘻哈哈的欢笑声。像变魔术似的，这一切瞬间消逝了，他又看见了眼前掠过的庄园和甘蔗林。

汤姆不会写字，无法写信与家人联系，他和亲人间有一条无法跨越的鸿沟。

汤姆晚年才开始识字，读起《圣经》非常吃力，一个字一个字地读，就像一块一块金锭，个个都需要掂量掂量一样：

“你——们——心——里——不——要——忧——伤，在——我——父——的——家——里——有——许——多——住——处，我——去——原——是——为——你——们——预——备——地——方……”

汤姆那本《圣经》的空白处，被汤姆发明的一些符号点缀着。往日，乔治少爷念经书时，他便拿笔把那些他认为最满意、最受感动的段落，用醒目的记号和一道道横线画出来，因此他很快可以找到他喜欢的段落。他认为，这是他生命的仅有，也是来世的希望。

船上有个五六岁的小姑娘，眉清目秀，气质纯真，跳跳蹦蹦，飘飘如仙，她从你身边经过，像一道阳光，一丝清风。轮船上到处有她的足迹，没有她没到过的地方，见过她的人都会为她祝福。

温和慈祥的汤姆，一向喜爱天真烂漫的儿童。每当她那金色头发、蓝色眼睛从棉花包后露出来时，汤姆总误以为看到了《新约全书》中走来的小天使。汤姆用自己博取儿童欢心和吸引儿童兴趣的招数，逐渐和小姑娘交上了朋友。

“小姐，你叫什么名字？”在恰当的时刻，汤姆这样问小姑娘。

“我叫伊万吉琳·圣·克莱亚，”小姑娘答道，“但是大家都叫我伊娃。你叫什么名字？”

“我叫汤姆，在肯特基老家，孩子们叫我汤姆叔叔。”

“我也叫你汤姆叔叔，因为我喜欢你，知道吗？”伊娃说，“你现在上哪儿去呀？”

“我不知道，伊娃小姐。”

“不知道？”伊娃说。

“是的，我还要被卖出去。”

“我爸爸可以把你买下来，”伊娃连忙说，“我这就去跟他说。”

“谢谢你，小姑娘。”汤姆说。

伊娃来到父亲站立的船舷边。说天意也许是有天意，此时，船身猛地一震动，伊娃一下子落入河中。父亲正要脱衣下水时，另一个勇者跳了下去。跳入水中的人正是汤姆，他胸脯宽阔，臂力过人，水性也好，伊娃浮出水面时，他一把把她抓住，泅到船边，把伊娃高高举起，父亲把水淋淋、昏迷不醒的女儿抱到客厅里。

第二天，轮船慢慢驶近新奥尔良，乘客们忙着清理行李，准备上岸。汤姆坐在下层甲板上，不时转过头，朝那边的一群人张望着。那里站着伊万吉琳和她的爸爸。这位年轻爸爸，仪态文雅大方，英姿翩翩，一举一动流露出矜持而潇洒的气派。他站在那里听海利说话，海利正在口若悬河地为他们正在讨价还价的那件“商品”吹嘘着。

“他这个黑皮囊里面，各种道德及基督教的优点是应有尽有。”

海利说完，奥古斯丁·圣·克莱亚问：“好吧，朋友，这桩买卖你到底要我多少钱，你想敲多少，干脆说出来。”

“我说，一千三百元，刚够血本。”

“你照应了我，就这个价，是不是？”年轻人对海利报以讥讽的笑容。

“我看小姑娘特别喜欢他。”海利说。

“为了这个小姑娘的缘故，你发点儿善心，便宜点儿怎么样？”

“你看，他结实得像头驴，加上聪明的头脑，还要添钱才行。”

“如果虔诚品德能买到手，上天又要把这笔账记在我头上，多出几个钱，我不在乎。”年轻人说。

伊万吉琳的父亲把一卷钞票交给黑奴贩子：“喂，伙计，点一点。”

“好的。”黑奴贩子取出墨盒，写起收据来。

圣·克莱亚拿着收据，牵着女儿的手，走到轮船的另一头，和蔼可亲地抬起汤姆的下巴，打趣地说道：“汤姆，抬起你的头，看看你的新东家，喜不喜欢？”

汤姆抬头望着他，真心实意地说道：“上帝保佑你，老爷。”“好，但愿如此。我想，你替我祈祷比我自己祈祷更灵验。汤姆，会赶马吗？”

“我在谢尔贝老爷家就养马。”汤姆说。

“好，我就叫你替我赶车。”新东家吩咐说，“一个星期只许喝一次酒，多了不行。”

汤姆显得有点儿受委屈的样子，说：“老爷，我从不喝酒。”

“如果你真不喝酒大家都好。”看见汤姆脸色还是那么阴沉，他又安慰似地补充道，“别放在心上，我相信，你是决心好好干的。”

“确是这样，老爷。”汤姆说。

伊娃很高兴，她对汤姆说：“你会快乐的，爸爸对谁都好，只是爱开玩笑。”

圣·克莱亚转身走开时，对女儿说道：“你的夸奖，爸爸领情了。”

圣·克莱亚祖籍加拿大，其父是路易斯安那州富裕的庄园主，膝下有兄弟二人，他为老二。克莱亚自幼身体羸弱，多愁善感，缺乏一般男子的阳刚气。成人之后，形体略显粗壮，他内心一直憧憬理想和唯美的境界。大学毕业后，他在北方认识了一位高贵美丽的女子，赢得她的芳心，双双以身相许，随后他返回南方筹办婚礼。回家不久，女方监护人来信称，她已另有新人。克莱亚一生的理想和浪漫史就此了结。后来，他投身时髦的社交场合，很快就娶了一位仪态万千、家资丰厚的太太。不用怀疑，人人都羡慕这一对郎才女貌的新人。新婚不久，玛丽·克莱亚就感到丈夫体质单薄，不能陪她去社交场合应酬。倘若她仅仅是一个迟钝的女性，对圣・克莱亚说来，还是一件好事，然而，玛丽的年轻美貌加娇生惯养的习性，使她缺乏对他人的感情和体谅。漂亮又有钱，多少男子拜倒在她的石榴裙下，这就养成她傲视男人的德性。这个自私透顶的女人，成天对着圣・克莱亚啼哭、发牢骚、抱怨。好在丈夫脾气温和，或者说些好听的话，或者买点儿什么玩意儿送她，以求息事宁人。

后来玛丽生了一个可爱的女儿，就是我们已经认识的伊娃。

生育后的玛丽，变得体弱多病，哀怨情绪更为严重，自叹命薄，仿佛受尽委屈。一位花容月貌的女人，一日甚一日地憔悴了，一年到头病魔缠身。

圣・克莱亚担心体质纤弱的女儿无人照顾，于是，才带着女儿到佛特蒙去，把他的堂姐奥菲利娅·圣·克莱亚请到南方家里来。

汤姆见到他们时，正是一行人乘船南归途中。

奥菲利娅家，处在一个世外桃源：庭院里青草葱郁，窗户下丁香花丛生；整个村庄和平安宁，次序井然，风气纯正，人心古朴。奥菲利娅要到新奥尔良去，成了庄园的特大新闻。白发苍苍的老父亲，要以书为证，确认新奥尔良的方位与状况；慈祥的老母亲，焦灼地向人打听新奥尔良是不是个“坏地方”或“野蛮国度”。

村里人都来共商奥菲利娅小姐的行程大事。废奴主义者牧师怕助长了蓄奴制度；殖民主义者医生说可以增强南方对北方的了解；邻居和亲友郑重其事地邀请她喝茶，广泛询问和讨论她的计划和前景。由于到她家去帮助缝制行装，摩丝莉小姐每天都可以获得有关奥菲利娅小姐行装进展情况的新闻。有消息说，老爸爸给了女儿五十块钱，叫她添置合意的衣裳；又有消息称，她家已去信波士顿订做一顶帽子。至于这笔钱是否该花，在公众中各说不一，莫衷一是。但是，有一点大家看法一致：她从纽约订购的那把阳伞，是前所未见的，她那件丝绸衣服也是附近一带无可比拟的。另有一谣传，说她有一条花边手绢，手绢四边都绣满了花，四个角也都绣了花。不过，最后一点始终没得到证实，至今还是悬案。

我们现在看到的奥菲利娅小姐身着黄色旅行装，她个子高高的，眉清目秀，双唇紧闭，颇为胸有成竹，一双敏锐的眼睛明察秋毫。

她的生活习惯井井有条，甚至达到精确细致的程度。这是她的准则，凡是与准则背道而驰的事，她深恶痛绝。

对无所事事的人和于事无补的事，她登峰造极的藐视用语是“没有办法”。她平时不说，只是板起面孔，似有不屑言及之意。

她一生中最重要的生活原则是良心，它是一切处世准则的基础。良心是高于一切的，是深入人心的。

奥菲利娅是个地道的有责任感的“奴隶”，凡她认定“义不容辞”的事，她就毫不犹豫地投入，哪怕面对大炮，也会挺胸向前。她把自己的生活目标定得很高，虽不懈努力，却从未达到目标。她心理负担沉重，经常为自卑感所苦，为她那虔诚的性格蒙上抑郁的色彩。

圣·克莱亚性格潇洒随和，不切实际，怎么能和这样一位操守严谨的堂姐合得来呢？说实话，这位姐姐从小爱这个弟弟，负责他的宗教教育，管理他的起床、穿衣。因此，他很快就说服了她。妈妈病了，孩子没人照看，当姑姑的过去帮个手，自是“义不容辞”的事。

此刻，她正坐在头等船舱里忙着清点东西。父女俩漫不经心的生活方式，使她清理得更加仔细。

“姑姑，我们都快到家了，干吗还费那么大的劲？”

“你们的行李这样东拉西扯的，不知道丢失了多少东西。”姑姑说。

“丢了东西，爸爸会买的。”伊娃说。

“老天，这样不行的。”姑姑说。

“姑姑，这样省事多了。”

“没有办法。”这是姑姑奥菲利娅的结论。

说话之间，在姑姑的带动下，二人同心协力把一只装得满满的大皮箱锁上了。

船快靠岸了，码头就在眼前，街上的景物历历在目：塔尖、圆屋顶，还有指路牌。

“姑姑，快看，这是我们的家。”小姑娘喊着。

“啊，美极了。”奥菲利娅姑姑赞叹着。

船停泊码头，人们提着行李，牵着孩子，挤过跳板上岸去。

不见圣·克莱亚先生跟来，奥菲利娅小姐一人坐在那只锁住了的箱子上，像怕被谁搬走了似的。

出了什么事？他不会掉下河吧？她忧心地想着。

终于，克莱亚先生出现了，他依旧从容不迫，嘴里还嚼着橘子。

“老姐姐，东西收拾好了吗？”他问。

“等你一个小时了，我还怕你出了啥事呢？”

克莱亚先生上岸准备好了马车，上了马车，伊娃突然问道：“汤姆呢？”

“孩子，汤姆就在外面。我打算把他送给你妈妈，为她赶马车。”克莱亚说。

“汤姆一定是个好马夫。”伊娃说。

马车进了一座方方正正的大公馆，非洲式的大拱门，西班牙和法国的建筑风格，还有小巧玲珑带有阿拉伯色彩的柱子，使它显得富丽堂皇。马车绕过喷泉，穿过草地、花园来到后院。

伊娃欣喜若狂：“啊，多可爱，我的家。”

奥菲利娅小姐说：“实在漂亮，只是有点儿异教色彩。”

汤姆下车后，克莱亚问他：“汤姆，这地方可合你的趣味？”

“是的，很不错。”汤姆说。

这时，一个衣冠楚楚的混血男子出来，把一大群仆人赶到一边去：“老爷刚到家，你们就围上来，一边去。”他煞有介事地说道。

“阿道尔夫，是你啊。”克莱亚问道。小伙子回答东家的问话时像背流水账。

伊娃穿过回廊，跑进一间小卧室，一个黄脸、瘦削的女人斜躺在睡椅上，看见伊娃她就笑了起来。

“妈妈！”伊娃热情地拥抱着她，吻她。

“小心点儿，孩子，把我头弄痛了。”她吻了女儿一下说。

丈夫吻一下妻子，并向她介绍他的堂姐，女主人客气地招呼她。门口挤满一大堆仆人，其中一位体面的混血女人，样子很激动。

“呀，我的玛米！”伊娃跑过去连连地亲吻她。她把她搂在怀里，又哭又笑，又唤又叫，过分的亲昵，就好像疯了似的。

见此情景，奥菲利娅很不以为然。“我是不会这样做的。”她说。

“你是指她跟黑人亲吻？”克莱亚明知故问。

“是的，一点儿没错，她怎么能这么做？”堂姐表示出不乐意。

克莱亚一阵哈哈大笑之后，没有回答堂姐的问题，而是大声呼唤仆人们：“我回来了，大家都高兴。”说着，散发给每人一个小银币，人群中响起了愉快的笑声和祝福声。

克莱亚回头看见阿道尔夫，正用望远镜傲慢地窥视汤姆。他走过去，打掉阿道尔夫的望远镜：“笨蛋，你就这样对待同伴？你得当心，别摆啥谱，他一个可抵你两个用。”

“老爷真爱讲笑话。”阿道尔夫笑着说。

汤姆站在旁边，不知所措，来到了一个新环境使他感到很不自在。“汤姆，过来。”老爷招呼他，然后对太太说道，“我不食言，给你买了个马车夫回来。是个黑人，他的稳重使他驾起马车来更是四平八稳。”

她仍躺着，微睁着眼睛，打量了一下汤姆。

“他也会喝醉酒的。”太太说。

“不会的，他既虔诚又不喝酒。”

“但愿如此。”

汤姆出去后，玛丽对丈夫说：“他真像个大怪物。”

“玛丽，说话客气点儿。好啦，说点儿好的给我听吧。”

太太的话不好听，不是说他出门超期半个月，就是说他信写得太短。

此时圣·克莱亚从怀里取出一张精致的相片，是他父女俩的，玛丽瞥了一眼，颇为不悦。

“你坐得真难看。”她说。

“坐相如何，你有你的看法。”

“既然看法各异，别的就用不着讨论了。”太太似在生气。

“真是活见鬼。”克莱亚心里这么说，但是，表面上还是在讨她喜欢，“你觉得我们照得像不像？”

“先生，你太不体贴我了。我头疼，睡了一天了。你一回来，不是叫我看这儿，就是叫我看那儿，吵得我要死。”

“弟妹，你有头痛病吗？”奥菲利娅小姐说，“杜松果熬水喝可以治头痛。”

好像这时克莱亚才发现，还未安顿堂姐休息。他忙吩咐阿道尔夫去把玛米叫来。不一会儿，伊娃热吻的那个仪态端庄的混血女人进来了，她头上系着的红黄发带，是伊娃送的礼物。

“玛米，”圣·克莱亚吩咐道，“你照应这位小姐，带她去屋里休息，一定要让她觉得舒服才行啊。”

奥菲利娅跟着玛米出去了。

几天以后，圣·克莱亚与妻子玛丽商量将家务事移交给奥菲利娅的问题。

“我相信她挑上这副重担之后，会发现南方的主人才是奴隶。”太太懒洋洋地说。

“除此之外，她还会发现更多有益的东西。”圣·克莱亚说，“养奴隶真麻烦，要享福，还不如让他们走。”

玛丽认为，自己最倒霉的事是遇上了这些黑奴，他们是她一生的最大烦恼。

“你今天心情不好，别说这些。”克莱亚说，“其实，玛米很不错，没有她，你的日子怎么过？”

“玛米是好，但是非常自私自利，这是黑人的通病。”玛丽说。

玛丽的理由是，晚上，玛米陪伴她，睡得真死，很难叫醒她。这使她的头痛得更厉害。当伊娃说，这是因为玛米伺候了她几个通宵时，她不高兴了：“是她向你诉苦啦？”

克莱亚先生说，那就换别人嘛。玛丽真的生气了：“这话亏你说得出口，我夜晚害怕，一点儿风吹草动我都怕，换了别人，我会疯的。要是玛米真关心我，她就不该睡得那么死。”

玛丽指责玛米自私的事还有一桩：她随她从娘家来到这里，可是就是不想放弃她的男人。玛丽告诉她，不可能把她的丈夫和孩子也从娘家带过来。再说，他们这辈子难得见上一两面，何苦守着呢。于是玛丽要她重新嫁人，她誓死不答应。

“实在是件令人苦恼的事。”克莱亚冷冷地说。

奥菲利娅一言不发，她在没搞清楚自己的处境之前，不想发表意见。不过，此时，她看得出，克莱亚压抑着内心的愤怒和讥讽。

“我们家的奴隶穿主人的衣服，吃主人的牛奶和茶，喷主人的香水，被娇惯得为所欲为，克莱亚偏要仆人过好日子。我劝说过多次，也说腻味了。”玛丽说。

“我也腻味了。”克莱亚看起晨报来。

这时伊娃走到母亲背后，抱着她的脖子，说：“妈妈，我可以伺候你一个晚上吗？我不睡，你也不用害怕。”

“别胡说了，你这奇怪的孩子。”

孩子告诉妈妈，这些天玛米身体不怎么舒服，她正在闹头痛。“那是她的神经过敏，这种人，稍有点儿疼痛，便手忙脚乱，叫苦连天。我这人从不诉苦，忍受痛苦是我的责任，我也是这么做的。”

奥菲利娅和克莱亚听此言论，先是惊讶不已，继而“扑哧”地笑出声来。此情此景，大家都尴尬，克莱亚借口说有约会，出去了。父亲走了，女儿也跟着走了，剩下玛丽和奥菲利娅在一起。

“圣·克莱亚就是这种人，不了解我的痛苦，不知道我这几年来承受的折磨。我不想因为自己的病而大惊小怪，他却以为我什么事都可以忍受了，反而更加心安理得，漠然对我。”玛丽一把鼻涕一把泪地数落着自己的丈夫。

奥菲利娅听着，正苦于不知怎样回答好时，玛丽开始向她交代家务管理的一二三四，语言中不乏指点、告诫、嘱咐之类的词语，其繁琐至极，要不是奥菲利娅头脑清晰，准会被搞昏头。交代完毕，玛丽特别叮咛奥菲利娅：“伊娃这孩子，你要多费心。”

“伊娃是个乖娃娃，我生平第一次见到这样乖的娃娃。”奥菲利娅说。

在玛丽的心目中，伊娃是个脾气古怪的孩子，这一点仿佛使她非常伤心。她感慨地说道：“她不像我，一点儿不像我。”

奥菲利娅暗自想道，还好她不像你。

奥菲利娅对玛丽的倾诉，与其说在听，不如说在忍，她的自我控制方式就是不停地织长袜。

“你接管的家，是个杂乱无章的家，”玛丽对奥菲利娅说，“仆人个个任性，全靠我不顾自己带病的身体，维持这个家。唉，要是克莱亚对仆人采用别人的方法就好了。”

“什么方法？”奥菲利娅问。

“送到监狱去挨鞭子，这是最好的方法。我是身体不好，要不，我比克莱亚管理得更好。”

“你说克莱亚不打仆人，那么，他又是怎么管的？”奥菲利娅问道。

“男人自有他们的威严，克莱亚炯炯有神的眼睛，我看了都害怕，仆人看见就知道要提防一点儿。要让他们害怕才行，因为他们实在太坏、太鬼、太懒。他管起来轻松，我就不行。他的自私自利，使他对此视而不见，反而怪我不是。”

刚从外面回来的克莱亚显然听见玛丽在唠叨什么，进门就接上嘴说："仆人固然懒，我和玛丽的懒惰更是不可饶恕。"

"算了吧，克莱亚，你太不像话了。"玛丽说，"你哪一天才能学会对付下人呀！真可恶。这些仆人在穿衣用物上都太像主人了。"

"仆人模仿东家有什么不好？我给他手绢，给他衣服，他喜欢上了，我有什么理由不给他？"

"那你为什么不教育他？"奥菲利娅小姐不客气地问道。

"怕麻烦嘛，这就是惰性。姐姐，好多人就毁在惰性上，我细想起一位老博士的话，'惰性是恶之首'，严重啊。"

"你应该教育你的奴隶，把他们当做有理性的人、有永生不灭的灵魂的人看待。将来有一天，你和他们将并肩站在上帝面前接受审判。"这位善良的堂姐激动地说。

克莱亚坐在钢琴前，弹起一支轻松的乐曲。他指法娴熟，指头在键盘上像小鸟儿在飞翔。他一曲接一曲，想以此镇定自己的情绪。末了，他对堂姐说："你说得很对，你的话是金玉良言。你说得很直白，像给我一耳光，我现在认同了。"

"我看不出这话有什么好的。"玛丽说，"我不知向他们讲过多少回，好像牧师给他们讲道，他们一个字也听不懂。你说，对他们有什么好处？我说过，黑人是下等民族，教育他们，枉然。我太了解他们了。"

奥菲利娅已经觉得话不投机半句多，于是保持沉默。

· 品读与欣赏 ·

汤姆经过一番波折终于有了一个新东家，作者着重介绍了汤姆的新东家克莱亚先生一家。克莱亚先生温文尔雅，对待黑奴的态度友善而宽容，是个很好的东家；克莱亚太太却是个娇蛮自私的人，与克莱亚形成鲜明的对比；克莱亚的女儿伊娃则天真活泼，也是因为她，汤姆才能被克莱亚先生买了回来，有了一个相对安稳的生活。当然，克莱亚、克莱亚太太以及克莱亚堂姐奥菲利娅的矛盾冲突在本章初露端倪，也为以后汤姆的命运作了铺垫。

· 学习与借鉴 ·

1.景物描写的运用。景物描写主要是为了展示人物活动的环境，使读者身临其境。景物描写可以渲染气氛，烘托人物心情。如本来美丽宽广的密西西比河在作者眼里承载着广大黑奴心酸的眼泪，景物烘托着作者对黑奴悲伤而同情的感情。

2.结构互相照应。结构上前后照应增加文章的整体性，如前文，作者侧面描写了克莱亚先生和太太的性格，后面就举出具体事例来证明克莱亚太太的性格特征。

3.排比修辞手法的运用。排比是一种修辞手法，利用三个或三个以上意义相关或相近，结构相同或相似和语气相同的词组（主谓/动宾）或句子并排，达到一种加强语势的效果。如本章中“他仿佛看见与他同时长大的伙伴们熟悉的面孔；他看见他忙碌的妻子在张罗着替他做饭；他听见他的孩子们游戏时发出的嘻嘻哈哈的欢笑声。像变魔术似的，这一切瞬间消逝了，他又看见了眼前掠过的庄园和甘蔗林。”

八　自由人的防卫

夕阳西下，金色余晖照进一间小卧室，里面坐着乔治夫妇。乔治抱着小儿子，一只手握着妻子的手，夫妻俩的脸上露出严肃的神情。

“是的，伊丽莎，”乔治说，“你说得对，我要学习基督爱人之心，才无愧于一个自由人。我准备忘掉过去，抛弃仇恨之心，阅读《圣经》，做个好人。”

“等我们到了加拿大，齐心协力，我为人浆洗衣服，一定有办法维持生活。”

“我可以工作，把你和孩子的赎身钱挣回来付给人家。我的东家在我身上赚的钱，是买我身价的数倍，我再也不欠他了。”

“可我们还没有脱离危险啊！”妻子提醒丈夫。

“我已经呼吸到了那儿的新鲜空气了，我的劲头也更大了。”

有人敲门，伊丽莎惊诧地把门打开。

西米恩·哈利德夫妇俩站在门外，还有一个叫斐尼亚斯·弗雷切的，此人谈吐慎重，一副精明强干的样子。他们带来了坏消息。斐尼亚斯在小旅店偷听到，有七八个人已经知道今天晚上他们要去加拿大，布置好了将他们一网打尽。这伙人就是海利、洛克和麻克斯等人。

雷切尔·哈利德露出十分关切的神情，西米恩沉浸在深思中，伊丽莎双臂紧抱着丈夫，抬眼望着他，乔治紧握拳头站在那里，眼里闪着怒火。任何人面临妻子被夺、儿子被卖，而这些又是在基督教国家法律的庇护下进行的，都会怒不可遏。

“乔治，怎么办？”西米恩·哈利德无力地问道。

“我自有办法。”说完，乔治回屋检查他的手枪。

西米恩叹息道：“最好不要到那一步。”

“我不想你们受牵连。”乔治说，“可否借辆马车给我们，再指点我们将车赶到下一个站口，我会和大力士吉姆通力合作。”

斐尼亚斯自荐驾车带路：“带路算我的，打仗你包干。”

乔治说：“我怎么能牵连你呢？”

斐尼亚斯脸上露出诡谲的微笑：“别想把我牵连进去。”

“斐尼亚斯是个精明强干的人，”西米恩说，“乔治，听他的准没错。”然后关照乔治，“年轻人，手枪不可随便开啊。”

乔治激动地说：“上帝赐给我强有力的臂膀，让我保护我的妻子。难道我能眼睁睁看见她被人卖掉吗？不！我宁愿格斗死，也不能让他们抢走我的老婆、孩子。开枪能怪我吗？”

斐尼亚斯挥动他的双臂，转动得像两只风车。他说：“乔治，我们是朋友，你有仇要报，我不把你的仇人抓来才怪哩。”

斐尼亚斯是个猎人，枪法好，真是百发百中。他是因为爱上一个漂亮的女性，才追到了这个教友村。他待人接物，颇得人心，但是，基督教的信徒们确信他灵性的素养不深。

精明的斐尼亚斯测算出追逃者出发的时间差，决定晚上走。这样的安排，一方面可以避免引起邻村坏人的疑心，另一方面，吉姆和他的母亲有时间准备。另外，他请好友麦克尔殿后观察追兵。

朋友们做的一切，乔治都看在眼里，记在心里。乔治很受感动，他多年孤独一身，在今天被这么多人关爱，如果说，此前他冰凉的心被伊丽莎的爱情所唤醒，那么此刻众人的温情更使他热泪盈眶。

乔治相信上帝站在富人一边，要不然，他们的骄奢淫逸、胡作非为咋不受上帝处罚？奴隶主拿黑人做买卖，把他们的血、肉和痛苦当商品贩卖，上帝竟然听之任之。

乔治的脑海里翻滚着《圣经》中神的教诲：见恶人和狂傲人享平安，就心怀不平。他们死的时候没有疼痛，他们的力气却也壮实，他们不像别人受苦，也不像别人遭灾。所以，骄傲如链子，戴在他们颈上；强暴像衣服，罩住他们的身体。他们的眼睛因体胖而凸出；他们的嘴说欺压人的话；他们的口亵渎上天；他们的舌毁谤大地。神的民归到这里，喝尽了满杯的苦水。看啦，这就是恶人。

乔治英俊的面貌展现出平静而温馨的神色。

西米恩老人好像看透了乔治的心思，便对他说："就人生现实而言，你可以怀疑上帝在哪儿。可是，上帝选入天国之民，大都是人世间最贫苦的人。信仰上帝吧，现实的苦难，会在天国得到补偿。"

老人的正义感和不怕风险的精神，使他的话在听者心上爆发出千斤之力。两个苦难的逃亡者，从中得到无穷的力量。

他们正准备用餐的时候，露丝来了，她给小哈利带来了漂亮的绒线袜子和甜饼。

晚饭后，门外来了一辆大篷车，夜空繁星满天，要与逃亡者伴行。

出门人提心吊胆地观望四周，生怕有人追来。

"吉姆，枪上膛了吗？"乔治轻声地问。

"那还用说。"吉姆敞开胸膛，深呼吸一口气说，"我能让他们把我妈抢走？"

车子起程，穿过大片平原和黑黝黝的森林，一路上摇摇晃晃地前进，把坐车人摇得昏昏入睡。只有赶车人斐尼亚斯没有睡意，他嘴里还吹着小调。

凌晨三点左右，迷糊的乔治突然听见后面远远传来马蹄声，他用手肘碰了一下斐尼亚斯。斐尼亚斯侧耳一听，说："是麦克尔，这马蹄声我熟悉。"

不一会儿，风驰电掣的麦克尔来到跟前："斐尼亚斯吗？"

"是我。有消息吗？"

“他们追来了，就在后面，共有八九个人，全都喝得醉醺醺的，嘴里骂个不停，活像一群野狼。”

话音未落，就隐隐听见了马蹄声。

“上车，赶快上车！”斐尼亚斯嚷道，“要格斗，也等我把车向前赶一程。”他把鞭一扬，马就飞跑起来。结冰的路，马车速度快不起来，后面追兵的马蹄声愈来愈近，醒来的两个妇女，焦急地朝后看去。山头上出现了追兵的影子，他们一定已经看到了马车白色的车篷，因为风中传来得意的尖叫声。追的追，逃的逃，快要短兵相接，形势异常急迫。说时迟，那时快，马车一个急转弯，钻入一个奇峰凸起、重峦叠嶂、黑黝黝、阴森森的悬崖下面，斐尼亚斯的“赶一程”就指到这地方。

“快下车，大家跟我走山路。”斐尼亚斯说，并吩咐麦克尔把空马车赶到前方求救兵。

生命的关键时刻，人的力度和速度非平常可比。眨眼之间，人群就到了山上。在晨曦中，人们看到一条崎岖不平的小路。斐尼亚斯说:“这是我打猎的老窝子。”

不多一会儿，一行人爬到了悬崖顶上，再往上，是一条羊肠小道，众人鱼贯而行。不远处，是条一码多宽的断裂石缝，对面山峰足有三米高，跟悬崖无黏连，石壁陡峭，像一座古堡。

追兵已到山下，嚷着要追上山来。

在斐尼亚斯的帮助下，人群纷纷跳过裂缝，面前一堆石头，形成天然屏障，因此，下面的人无法看到他们。

而他们却可以从石堆后面，观察到喧闹着向上爬的追兵。斐尼亚斯心情平和，因为，敌人上来必经岩石中间的小道，它有“一夫当关，万夫莫开”的险要。

天色渐明，他们看清楚了下面的人：洛克、麻克斯、两个警察和几个混饭吃的无赖。

“洛克，黑人已经躲藏起来了。”有人说。

“我知道，他们跑不了。我们顺着小道追，就会抓到那帮小子。”洛克很有把握地说。

麻克斯提醒他：“他们会从石头后面向我们开冷枪。”

麻克斯的好意，遭到洛克的冷言冷语：“要保你的老命？老麻，放心，黑人都是胆小鬼。”

“干吗我不可以保命？黑人亡命时吓死你。”

此时，乔治从石堆后面向这群人喊话：“你们是什么人？想干什么？”

“我们是来抓捕逃亡黑奴的，我们有警察和拘票，你不就是乔治吗？”洛克回答说。

“我过去是奴隶，现在是自由人，吉姆也是自由人。我们带有自卫的武器，决心保卫自己。子弹不留情，来一个，打一个，把你们收拾完为止。”

下面的一个矮胖子站出来说话：“我们是执法警官，我们有法律和权力，到头来，你们还是得投降。”

乔治说：“你们有法律和权力，我知道。不过现在，你们还没有抓到我们，我们同你们一样，同是顶天立地的自由人。我们不承认你们的法律就是我们的法律，我们不承认你们的国家就是我们的国家。我们对主发誓，为自由奋斗到底。”

乔治站在岩石顶端，黎明的霞光映得他脸庞红彤彤的，愤怒的眼睛炯炯有神。他双手高举，仿佛对着苍天和世人发表他的独立宣言。

“如果是一个匈牙利青年在高山的要塞上，英勇地捍卫一群从奥地利逃亡到美国去的亡命者，人们公认这是何等的英雄气概。可是，乔治是一个黑奴青年，捍卫的是从美国逃往加拿大的亡命者，人们是不承认他的英勇精神的。因为大家都是爱国者，又受过良好教育，对叛国者敢做公正评价，别怪司法无情，咎由自取。当铤而走险的匈牙利亡命者到达美国时，我们的舆论和政府都是给予掌声和欢迎；当铤而走险的黑人亡命者采取同样的行动时，这到底算什么呢？”

乔治演讲时的气魄、胆量、说理慑服了山下一群人，听者半天无言以对。只有麻克斯在乔治的话刚说完时，朝他开了一枪。

伊丽莎一声尖叫，乔治敏捷闪身，子弹射入一棵树干。

麻克斯开枪后，这伙人反而不知所措。

“一定打中了一个人，我听见一声尖叫。”其中有人说。

“上啊，”洛克说，一面纵身上山，“我一向不怕黑人，难道今天怕了不成？”

乔治已听见洛克的话，估计第一个上来的是他。

乔治招呼吉姆:“准备封锁对面小道,一人敲一个,别浪费子弹。”

话音刚落,洛克魁梧地身躯就暴露出来了。乔治放一枪,便击中这家伙的腰部。

受伤者恶狼发疯似地跳过悬崖边缘,直扑逃亡者。大伙还没反应过来,斐尼亚斯纵上一步,伸出双臂把洛克向下一推,说声“我们这里不需要你”。这家伙在树桩和乱石中一路向下滚,最后躺在地上动弹不得。

“他们简直是一群魔鬼!”麻克斯第一个朝山下逃跑,其劲头比上山时大多了,其余的也跟着逃命。麻克斯跃上马背,一扬鞭飞驰而去,也管不了别人怎么嘲笑和咒骂他。

没跑的人嘴头一边骂骂咧咧,一边寻找受伤的洛克。洛克在山岩下痛苦地呻吟,来人一边一个架住他,好不容易弄到拴马处。洛克要求同伙将他送到不远的旅馆,并请他们先给他伤口止血。这伙人或是不想干或是干不了,商量了一阵之后,便纷纷上马走了。

斐尼亚斯确定那伙人丢下洛克走了,才安排大家下山赶路。根据斐尼亚斯的估计,麦克尔该回来了,于是决定大伙赶段路去迎接他们。果然走不多远,见到了马车和几个骑马的人。

“麦克尔!”斐尼亚斯高兴地叫喊起来,“我们得救了。”

这群善良的逃亡者,自身安全有了保障之后,还伸出手来营救这个要伤害他们的人——洛克。费了九牛二虎之力将他抬上车后,吉姆的母亲,大发恻隐之心,让这个恶棍的头枕在自己的怀中。

乔治问斐尼亚斯：“他伤势如何？”

“伤势不轻，不过，能恢复。”斐尼亚斯说。

“你这么一说，我就放心了。”乔治说，“送了他的命，我良心承受不了。”

以基督观点看，杀生，无论杀的是好人或是坏人，仍为禁忌。非基督徒的斐尼亚斯也同意这点。

“你准备怎样处理这家伙？”乔治问。斐尼亚斯告诉乔治，他们把车驾到史蒂芬奶奶家去，她是一位好护士，让她照顾这个受伤的人很合适。一小时后，马车到了一农舍，受到主人热情款待。吃完丰富的早餐，洛克被安置在一张又干净又舒服的床上，大伙给他的伤口敷了药，让他像疲惫的孩子沉沉睡去。

自由的抗争者斐尼亚斯、乔治一行人等，出于人道主义把受伤的黑奴追逃者洛克送到教友村史蒂芬奶奶家治疗。

后来洛克在奶奶的精心照料下，不仅伤口愈合，而且治好了急性关节炎。当他从病床上起来的时候，变得成熟和精明了，他从此金盆洗手，不再干追捕这行当，到了一个村庄落户，从事捕猎熊、狼和其他动物的工作，成了远近闻名的好猎手。他对教友村的人感激有加，他常常这样说：“真是一些好人。”只是，他没有顺他们的心意，信奉基督教。

此刻他还在史蒂芬奶奶家，骂骂咧咧，还有点儿倔脾气，奶奶时常提醒他“注意礼貌”。

他撩开身上的毯子，赌气地问道：“那一男一女还在这里吗？”

"在这儿。"奶奶说。

"叫他们尽快动身到通往加拿大的湖边去，"洛克说，"越快越好。"

"他们也是这样打算的吧。"史蒂芬奶奶说。

据洛克讲，他的同伙早已在那儿的一个城市，布置了暗探，监视驶向加拿大的每一只船。他把这个机密说出来，希望他们能逃出去，让麻克斯见鬼去吧！

根据洛克的情报，自由抗争者决定分批出发。吉姆和他母亲第一批被护送走了，乔治和伊丽莎也连夜坐马车到达湖边城市，准备乘船过湖，踏上自由之路。

黑夜已经到头，自由就在他们面前。自由！——电一般的字眼！它是什么？它只是一个词，一个名字？噢，美国的男人和女人，听见这个词语，你们会热血澎湃吗？为了这个词，你们的父亲曾经流血，你们的勇敢的母亲曾献出生命。

自由，对一个国家是光荣的、珍贵的，对一个人亦是如此。国家的自由，便是全体公民的自由。对乔治·哈里斯来说，自由又是什么呢？对于你们的父老来说，自由就是一个国家在世界上的生存权利；对于他来说，自由就是他作为人的生存权利：称自己的妻子为妻子，使她享有不受凌辱的权利；保护自己的儿子，使他享有受教育的权利；拥有自己的家、宗教信仰和个人人格不受伤害的权利。

自由的前夜，乔治思潮起伏，想了许多。此时，伊丽莎正在剪短头发作男性打扮，大家说这样更安全。

伊丽莎对着镜子，剪刀一闪光，头发落下地。

伊丽莎问乔治："像不像个漂亮的小伙子？"

见乔治回答得无精打采，她便这样说："二十四小时后，我们就到加拿大了，那时——"

乔治把她拉到身边，说："我们的命运到了千钧一发的关头了，万一落空……"

"别害怕，"他的妻子说，"已经走到这一步，说明上帝和我们在一起。"

妈妈女扮男装，相反，儿子男扮女装。另外还加了一位加拿大籍妇女史密斯太太，她正好从美国回加拿大，应他们的要求，扮演姑妈一角。他们乔装成乔治护送他的姑妈史密斯太太和家人去加拿大。

有消息说，追捕者在开往加拿大的船上搜索一对带着儿子的夫妻。他们的乔装打扮已经改变了这一事实。

他们一行人乘马车来到码头，伊丽莎彬彬有礼地挽着史密斯太太，乔治押着行李上了船。

乔治在船长办公室办手续时，听见身边两个人的对话。

"我搜遍了，不见人，他们不在这条船上。"一个说。

另一个不是别人，正是麻克斯。

麻克斯说："那婆娘简直像白人，男的一只手上有烙印。"

乔治那只有烙印的手，正从船长手中接过船票和零钱，他不禁一惊，但很快镇定地转身瞟了此人一眼，然后向伊丽莎他们走去。

铃响了，开船了，乔治看见麻克斯跳下船，也没有再回头观看，他才松了口气。

天气晴朗，湖水波光粼粼，岸上吹来清新的和风，轮船徐徐向前。

在这安详的轮船上，幸福就在咫尺，乔治却一直提心吊胆，生怕风云突变，被拉回到可怕的过去。

轮船乘风破浪前进，时间也在飞逝。幸福的港湾就在前面，只要一踏上这具有魔力的海岸，奴隶制的阴霾顿时烟消云散。

轮船停靠在加拿大的海港小城阿姆赫斯特堡，人们纷纷上岸，乔治夫妇紧紧拥抱，然后跪在地上，谢恩上帝。

·品读与欣赏·

本章，作者把视线转向乔治和伊丽莎。乔治一家三口经过无数波折团聚之后，原本以为能过上稳定的生活，乔治甚至都开始相信宗教的精神力量。但是现实却无比残酷，海利等人的追击把安宁的生活毁掉了，他们一家人不得不又一次走上了逃亡的道路。这次逃亡之路更是充满了艰辛，斐尼亚斯、麦克尔、吉姆等人和乔治一样为了自由而战，终于战胜了黑奴贩子，凭借着勇敢和团结，终于登上了前往加拿大的船，安全到达了终点。乔治等人在逃亡道路上表现出来的勇气、智慧和大无畏的气魄令人赞叹。逃亡之路惊心动魄，作者的写作随着情节的发展也是跌宕起伏，引人入胜。

· 学习与借鉴 ·

1.内心冲突激烈。人物与内心的冲突能很好地展现人物内心丰富多彩的世界，对刻画人物形象有很重要的作用。如乔治一家因好心人的帮助而获得团聚，乔治为此决心忘掉过去，抛弃仇恨之心，做个好人，这体现了他善良，懂得感恩。

2.情节紧凑。紧凑的情节可以通过叙述来推动，也可通过人物的对话和动作来推动，紧凑的情节可以让读者在最短时间被吸引到故事中来。如本章乔治一家出逃去加拿大，遭到洛克等人的追杀，情节的发展主要通过人物间的语言来体现，从而使情节更加紧凑。

九　奥菲利娅小姐

汤姆在克莱亚的公馆里，地位和身份在逐渐发生变化。

阿道尔夫本是克莱亚的管家，但他不替主人着想，跟着克莱亚挥霍无度，汤姆见了，实在无法控制内心的不安。他偶尔也当着主人面，委婉地提出个人的看法。再则，汤姆在办事中的精明能干，渐渐得到了克莱亚的信任。到后来，克莱亚干脆把家里的采购事务全交给了他。

克莱亚是一个漫不经心的人，从不问汤姆用了多少钱，也不问汤姆应该找补他多少钱。汤姆本可以随心所欲地贪污银钱，但汤姆的淳朴本性、宗教信仰以及东家对他无限信任的约束力量，保证了他不沾邪恶的坚定意志。阿道尔夫只是一个没有头脑、不会自律的人，弄到最后和东家不分你我。克莱亚也知道是自己惯坏了他，想管管，又不能当机立断。

汤姆的内心充满矛盾。他一方面忠心耿耿地为克莱亚工作，另一方面他又像父亲一样为克莱亚担忧。克莱亚从来不读《圣经》，整日沉溺在声色犬马之中，汤姆也知道问题的关键在于老爷不是基督徒。他对老爷的看法，从不向别人讲，只是自己在小屋里用朴实的话语为主人祈祷。

有一天早晨，克莱亚刚从一夜酒醉中醒来，就给了汤姆一笔钱，派他出去办几件事。吩咐完毕，汤姆仍站立不动。

克莱亚奇怪地问道："汤姆，你还等什么？不是都交代清楚了吗？"

"还没有呢，老爷。"汤姆绷着脸说。

克莱亚放下报纸，瞪眼望着汤姆，问："跟谁生气，老绷着脸？"

"我心里很难过，老爷。"汤姆说。

"难道我待你不好？"

"老爷对我很好。可是，老爷……"

"你这是啥毛病，有话快说啊。"

"老爷昨晚喝得太多，我一夜都在想这个问题。"汤姆背对着老爷。

克莱亚知道自己缺乏节制，脸刷地红了，为了掩饰，又哈哈大笑。

"就为这点儿小事？"他故作轻松地说。

"小事？"汤姆转身跪下，"老爷，你还年轻，这酒是咬你的毒蛇呀。"汤姆的喉头哽咽，眼泪汪汪。

> 把酒比作毒蛇，说明酒的危害，表现了汤姆对克莱亚的关心。【比喻修辞】

"傻汤姆，你不值得为我流泪。"说话时，克莱亚也眼泪盈眶。

汤姆仍跪着，恳求的神情不减。

“好，好，汤姆，从今后，我断了这无聊的应酬，一定不去了。”克莱亚说道，“好啦，汤姆，擦掉眼泪干活去吧。”有了克莱亚的保证，汤姆走了。

克莱亚果然信守承诺，本来嘛，就他的本性而言，世俗的酒色财气非他心中所好。

奥菲利娅出任管家的第一天，从清晨四点起，分门别类，清理室内物品，所有柜子和储藏室，通通检查了个遍。隐藏在其间的东西之多，奴隶们都甚为惊诧。

但是奥菲利娅的行为触及一个人的自尊，这就是首席厨师老代娜。她天生是个好厨师，非师出高门，乃无师自通的天才。跟所有的天才一样，自以为是，固执已见，陶醉得飘飘然矣。

代娜不相信逻辑，只靠直觉判断。她认定了的事，绝不更改。玛丽的母亲一味迁就她，玛丽小姐发现顺她比拗她更省事，因此，她就成了厨房里的最高权威。

对自己做事的正确性，代娜是深信不疑的。如果今天的饭菜出了问题或有差错，代娜会向你点出不可胜数的替罪羊，而且义正词严地斥责这些人。

代娜的饭菜确实做得好，但是，她的厨房内却是乱七八糟。代娜对怎样对付奥菲利娅早已心中有数：坚守阵地，反对一切新措施。拖着不办，就是不公开的违抗。奥菲利娅小姐走进厨房时，代娜既不起身，亦不热情，仍抽着她的旱烟袋。

奥菲利娅小姐拉开一只抽屉，看了看，问：“抽屉里放的什么东西？”

“随便放了点儿什么，小姐。”代娜说。

奥菲利娅小姐从抽屉中拉出一张绣花桌布，上面还有包过肉的血，问：“这是什么，代娜？用太太的好桌布包肉？”

“哎呀，不是的。是一时找不到毛巾临时用了一下，我是要洗的，只是没来得及。”

“真是没办法。”奥菲利娅小姐说，随后把抽屉倒了个底翻天，豆蔻、绒线、胡桃、毛巾、碎布、旧鞋、烟袋、手绢、破纸，还有一绺丝线和几根针。

“代娜，肉豆蔻该放在什么地方？”听得出，奥菲利娅小姐尽力压制自己的愤怒。

“差不多到处都有，小姐，那只破杯子里有，对面碗橱里也有一点儿。”

“这里还有点儿。”奥菲利娅小姐从一个磨合器中又取出一点儿。

“那是今天早晨才放的，我喜欢放在顺手的地方。”

“这又是什么？”奥菲利娅小姐拿起装发油的盘子来。

“这是抹头的头油，放在抽屉里方便。”

“难道你用贵重的盘子装头油？”

“临时用一用，我就要洗了。”

诸如此类的事还查问了许多，最后，奥菲利娅小姐批评代娜没把盘子洗干净就收捡起来时，惹火了这位厨房最高长官。“小姐，如果我成天就是洗盘子、收拾盘子的话，老爷还吃饭不？玛丽小姐从来没吩咐我这事。”她气冲冲地在厨房走动着。

奥菲利娅小姐以身作则，把盘子叠在一起，把分散的白糖集中在一个碗里，把要洗的毛巾、餐巾、桌布放在一堆；并亲自动手，该洗的洗，该擦的擦，该整理的整理，动作之麻利，代娜亦为之惊讶。“天哪！要是北方的太太小姐都像这样的话，那还叫什么太太小姐？”代娜就是这么对大伙说的。

奥菲利娅小姐的整顿工作，确有成效，但是，不几天，一切又死灰复燃，她的努力，徒劳无益，这使她非常失望。

她对克莱亚说：“这个家没办法走上正轨。”

“的确没有办法。”克莱亚说。

圣·克莱亚不是一个有管理能力的东家，又不是一个用鞭子来制伏奴隶的东家，他是一个顺其自然、无所作为的慵懒的东家。“我的好姐姐，别自寻烦恼吧。至于说到代娜，她真的没收拾，但是烹调手艺不错啊。所以对她，你必须以衡量将军或是政治家的尺度来衡量她，要看她的实际业绩啊。”

“克莱亚，我总觉得这些仆人不诚实。”奥菲利娅说。

克莱亚承认奴隶的诚实不易得，所以，他才称汤姆的忠厚老实是“道德的奇迹”。对黑奴的不诚实，他采取理解和宽容的态度。他说：“黑奴处在依赖和无知的地位，没有私有产权这个概念。

作者借克莱亚的话表明了奴隶主对黑奴的误解，正是因为他们没有把黑奴当成平等的人，而当成私有财产，黑奴才会没有地位和权利。【侧面描写】

更无法让他们懂得，在哪种情况下，东家的东西不是他们自己的东西。我实在看不出他们如何诚实得了。”

关于黑奴的灵魂归宿，克莱亚表示与他无关。他说，我们为了自己享乐，在阳世已把他们出卖给魔鬼，又何必为他们阴间的命运操心。放眼世界，上上下下的人，到处一个样。下层人的肉体、灵魂被榨得精光，上层人则坐享其成。

奥菲利娅想与克莱亚继续讨论下去，这时，吃饭的铃声响了。

黄昏时刻。一个上了年纪的卖面包的黑女人来了，喝得醉醺醺的，黑奴们叫她普鲁。她的命很苦，但是，这里的黑奴对她并不怎么同情，甚至还有点儿讨厌和奚落她。

她出门时，汤姆跟了出来：“我帮你提篮子，送你一程。”他热情地说。

“干吗？”老太婆说，“我不需要你的帮忙。”

“你有病，或是有什么心事吧？”

“我没病。”老太婆简单地回答。

“我想劝你把酒戒掉。”汤姆说，“你把肉体和灵魂都押在酒上了吗？”

老太婆没好气地说：“用不着你管，我是罪人，我是坏人，死了就到地狱。老天，我宁愿现在就进地狱才好呢。”她的语调悲伤而认真。

老太太的悲伤令人动容，但是黑奴自身对自己的看不起，不珍惜自己更加令人心酸。【语言描写】

“愿上帝宽恕你，老人家。你没听说过耶稣吗？”

“耶稣？他是什么人？”

“哎，他是救世主啊！”

“好像听说过。”

“没人告诉你，主耶稣爱我们，牺牲自己的生命拯救我们贫苦人啊？”

那老太婆说：“自我老伴死后，再没人爱过我。”

“你为什么要养成喝酒的坏习惯？”汤姆问。

“用酒浇愁呀。”老太婆痛苦地说。

通过老太婆的口，我们知道了她的悲惨境遇：她给东家生了个孩子，标致极了，起初太太好像也喜欢他。后来太太病了，她去给孩子喂奶；后来她也病了，奶就断了。孩子没奶，太太不给买牛奶，小家伙一天天饿下去，直到骨瘦如柴，太太有点儿讨厌孩子了。孩子饿着，整天整夜哭，太太咒他早点儿死。夜里不准她带他睡觉，太太叫她跟自己一块睡，把孩子放在阁楼上。孩子哭了一夜，第二天死了。

老太婆说：“喝醉了酒，就听不见孩子的哭声了。”

汤姆仍想给她希望：“没人告诉你，耶稣会引你进天国，让你安息吗？”

“我像进天国的人吗？”她满不在乎地说，“天堂是白人的，人家会让我进去吗？我愿下地狱，离老爷、太太远些，免得烦恼。”说毕，把篮子顶在头上，没

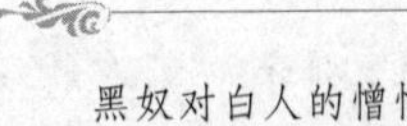

黑奴对白人的憎恨溢于言表，宁可下地狱也不愿意在天堂和主人相遇。【语言描写】

精打采地走了。

汤姆转身闷闷不乐地走回家，一眼看见伊娃。

“汤姆，你回来啦，爸爸要你套上小马车带我去兜风。”伊娃高兴地说，好像又发现了什么，低声问道，“汤姆，出事了吗，你怎么绷着脸？”

“我心里很难过，伊娃小姐。”汤姆说。

“我看见你跟那个普鲁老太婆在说话。”

听了汤姆讲述普鲁的不幸，小姑娘没有哭，但眼睛笼罩着忧郁的阴影，她手抚胸口，深深地叹了口气。

几天之后，送面包来的不是普鲁婆婆，而是另外一个女人。奥菲利娅小姐正巧在厨房。

“普鲁咋不来呢？”代娜问。

“普鲁以后也不来啦。”那妇人神秘兮兮地说。

“为什么？”代娜问道，“她没有死吧？”

送面包的女人瞅了一眼奥菲利娅小姐，说：“我不清楚。”

奥菲利娅小姐取了面包后，代娜送她到门口，问道：“普鲁到底怎么了？”

送面包的女人犹豫了一下，终于低声说道：“普鲁又喝醉了，他们关她在地牢里，一整天，人死了，听说身上爬满了苍蝇。”

代娜猛一回头，只见伊万吉琳恐惧地站在她背后，两眼圆睁，嘴唇和面颊

“两眼圆睁”“死灰般苍白”表现了伊娃听到普鲁死的消息的无比震惊和恐惧。【神态描写】

死灰般苍白。

“天哪，伊娃小姐要晕倒了！我们怎么了，不应该让她知道呀。”

“我没事，代娜，”伊娃小姐镇定地说，“我听听又算什么？”

“会把你吓死的。”

伊娃抑郁地上楼去了。代娜和汤姆，分别向奥菲利娅小姐讲述了他们所知道的普鲁的情况。

奥菲利娅小姐进房对正在看报的克莱亚说：“太可恶了，简直骇人听闻。”

“又发生了什么大不了的事？”克莱亚问道。

“什么事？哼，他们打死了普鲁。”奥菲利娅小姐说。

“我知道这样的事早晚会发生的。”他淡淡地说，又继续看报。

“你不打算干预这类事件吗？”奥菲利娅小姐问道，“这里没有民政代表来过问和处理这类事情吗？”

“私人财产，人家咋处理，你有啥办法？听说这婆子爱偷东西，外加酗酒，难以激起人们的同情啊。”

“太不像话了，太可怕了，克莱亚，老天爷不惩罚你们就没了公道。”

“卑鄙下流的人要这么做，我有什么能耐制止？他们就是太上皇，你动得了吗？法律又管不了，我除了不闻不问、置之不理，还有啥办法？”

“一个善良的人怎能对此不闻不问呢？”

> 善良的克莱亚对黑奴的遭遇表现出的麻木代表了大部分人的态度，看得多了就习惯了，不管黑奴还是白人都感到麻木。【语言描写】

“好姐姐，这世界卖黑奴、买黑奴、虐待黑奴，人们看多了，习惯了，麻木了，就连一个有正义感和同情心的人，也只得把心一横，别人的事就是不管。”

奥菲利娅想以编织毛线稳定自己的情绪，可是，愈织愈生气，忍不住说起来：“克莱亚，你在为这个制度辩护，简直不可思议。”

“你太天真了。世上难道没有明知故犯的人？你没有过错吗？”

“事后我会忏悔。”奥菲利娅小姐说。

“姐姐，你是否就已经摆脱了一切罪恶？”克莱亚问。

“我觉得，要我天天做明知不对的事，我宁愿砍掉我的手。”奥菲利娅小姐认真地说。

“请你原谅我的放肆和无礼。”坐在地板上的克莱亚说，头靠在堂姐的怀中，“我逗你乐的，别在意。你是好人，好得要命，我心里明白。”

“可这是个非常严肃的问题。”奥菲利娅小姐说，用手抚摸着他的头。

“是吗？好，我今天严肃一次。”克莱亚说，马上做出正经的样子，“在人类发展的历史过程中，当一个人想要奴役其他的二三十人时，为了获得舆论支持，他必须这样做。”

“看你一点儿也不严肃。”奥菲利娅小姐说。

“关于奴隶制的问题，我看正确的解释是：庄园主要靠它发财，牧师要讨好庄园主，政治家要靠它维持统治，大家沆瀣一气，竭力歪曲语言和伦理观念，任意发挥《圣经》之类的东西为他们效劳。这是魔鬼的功夫，还骗了不少世人，可见魔鬼实在神通广大。”

奥菲利娅小姐面呈惊讶之色，克莱亚先生显得有些暗自得意。言未尽，又接着说下去：“这个天怒人怨的鬼制度，到底是个啥玩意儿？剥开迷人的伪装，现它原始本色：利用黑人的愚蠢与软弱。而我和我的伙伴们聪明又刚强，所以，我霸占他的一切，听任我的意愿支配他。苦活、脏活，他干；破烂衣服，他穿；我不想晒太阳，叫他去晒；挣钱是他的事，花钱是我的事；有水凼的地方，他躺下给我垫脚，免湿我鞋；他能不能进天堂，还得看我方不方便。奴隶制的弊端，还有什么可谈的？全是废话，制度本身就是一切弊端的根源。只是，在实施制度的中间，由于人类理性的支撑，我们之中不少人，没有行使，不敢行使，或者不齿于行使野蛮法律赋予我们的全部权力，才余下了残暴的真空地带。”

“制度本身就是一切弊端的根源”这句话一针见血地指出，在不断摧残人性的奴隶制度中，奴隶主的人性已经扭曲，他们甚至失去了为人的良知，一切都是病态和残暴的。【意蕴深刻】

激动的克莱亚从地板上一跃而起，急速地迈着方步，热情洋溢地用手势比划着。奥菲利娅从来没有见过他如此激动过，于是一动不动，默默坐着。

克莱亚突然走到奥菲利娅的面前，停脚说道：“我时常这么想，如果这个国家整个儿坍塌到地里去，把悲惨和不义通通埋葬，我愿跟它一起毁灭。从前，我碰到的每一个残暴、丑恶、卑鄙、下流的坏蛋，只要他们有钱，不论是偷来的、抢来的、骗来的，我们的法律都允许他们买卖人口，成为黑奴的专制暴君。我诅咒我的国家，我甚至诅咒人类。”

“堂弟，”奥菲利娅小姐喊道，“你说得够多了。在北方，我还从没听见谁这么说话。”

“北方人都是一些冷血动物。”克莱亚说。

事实上，两姐弟的内心深处，存在着不同程度的负罪感，只是堂弟占先解剖了自己。

“我的父亲是一个贵族，他拥有五百奴隶。他的贵族意识，使他以肤色划分人的等级，把黑奴看做是近乎人与兽之间，他任凭一个管家残酷狠毒地对待奴仆。我的母亲是个虔诚的基督徒，她宽厚仁慈地关照仆人，她说：‘即使是一个最卑微的人，他的灵魂也有尊严和价值。’仆人受了欺负和委屈，爱向我和母亲申诉。可是，我们这个申冤委员会，总敌不过父亲，他总是说：‘任何管理制度都难免有严厉的地方。’人类道德这玩意儿是多么虚弱而不堪一击啊！”

父亲对待黑奴的态度残暴狠毒，而母亲的态度则充满着基督的宽厚仁慈，两人态度对比鲜明。【对比修辞】

我们从圣·克莱亚的叙述中知道，他们有兄弟二人，哥哥阿尔弗雷德，刚愎自用、飞扬跋扈，完全像他父亲。他的怪理论是“弱肉强食”，并且大言不惭地说“不奴役奴隶，就没有高度文明”。阿尔弗雷德很专制，有的奴隶不服从命令，他可以不假思索地开枪把他打死，就像打死一头野兽。

奥菲利娅小姐问道：“一个是民主派，一个是专制君主，你们合得来吗？”

“我们勉强合作了一段时间，为了迎合我，他也做了一些改变，但仍然不能使我满意。阿尔弗雷德批评我对黑奴就像娘儿们一样温情，说我不宜从事经营活动，他要一个人经营庄园。这样，我便自立门户，过我自己的生活。”

“你为什么不解放你的黑奴？”奥菲利娅问。

“他们是家里的老佣人，我舍不得他们走；年轻的又是老佣们的子女，他们也不想走。”克莱亚说，“事实上，有一段时间，我热衷于黑奴解放理论研究。但是后来，我的人生遭遇使我变成一个随波逐流的人。”

“这样下去，克莱亚，”奥菲利娅小姐说，“你觉得结局会如何？”

“母亲以前常跟我谈起即将来临的千年盛世，耶稣做王，天下百姓享受自由幸福。今日民众的叹息与哀怨，也许就是天国到来的预兆。”

“堂弟，听你的话，你离天国不远了。”奥菲利娅小姐停下编织活，关切地注视着他。

“我的情绪时起时落，理论上了天，实践还没起步，这就是我对严肃问题的严肃表达。”

在喝午茶的时候，人们又谈论到普鲁的死。

玛丽说："有些黑奴坏透了，难对付，所以我不同情普鲁。她要是规规矩矩，咋会发生这种事？"

"妈妈，"伊娃说，"她心里不好受才喝酒啊。"

"我心里也不好受，我的痛苦比她多，我喝酒吗？道理只有一个：他们很坏。"玛丽说，并且举了一个不识好歹的奴仆死在沼泽地的故事，来证实自己理由的正确。

"我曾经驯服过一个黑奴。"克莱亚也说。

"我很想知道你何时做过这样的事。"玛丽说。

克莱亚驯服的黑奴，是阿尔弗雷德家的一个叫西皮奥的非洲人，这家伙身材魁梧，力大如狮。他天生渴望自由，不服监工管教，谁拿他也没办法，后来他打了监工逃进沼泽地。克莱亚与哥哥打赌，说自己如果能制伏他，就把他带回家去。一片沼泽地，断了西皮奥的去路，他回身拼斗，其英勇和亡命，令人叹为观止。他赤手空拳，一共摔死了三只追他的猎狗，不知是谁发了一暗枪，击倒了他，他倒在克莱亚的脚边，用绝望的眼神望着克莱亚。要不是克莱亚及时拯救了他，猎狗早把他撕成碎片，或者被枪杀。于是他属圣·克莱亚所有了。

"你后来用什么方法制伏了他？"玛丽问道。

"我吩咐下人把他抬到我的卧室，让他睡在舒适的床上，我给他包扎伤口。伤势愈合后，我给他自由证书并对他说，你自由了，想去哪儿就去哪儿。"

"他走了吗？"奥菲利娅小姐问。

据克莱亚的叙述，这家伙一下子将自由证书撕成碎片，哪儿也不去，从此留在新主人家。西皮奥对克莱亚可谓“死而后已”。他为人忠厚，善于管理，并且皈依了基督教。一年后，霍乱流行，克莱亚得了霍乱病，家里人害怕都跑光了，只有西皮奥不要命地护理他，使他终于死里逃生。但是，西皮奥受了感染，命归黄泉。

克莱亚说：“谁死了，我都没有那么伤心过。”

克莱亚讲故事的时候，伊娃张着小嘴，瞪着大眼睛，一边听着，一边慢慢地走近父亲。

故事一完，她“哇”地一声痛哭起来。

“孩子不该听这样的事。”克莱亚说道。

“爸爸，我不是害怕。”伊娃说，“这件事深深地透进我的心里，我心头有许多想法，一时说不出来是什么。”

“有想法也好，就是别哭。”

克莱亚递了一个红橘给伊娃，她破涕为笑，只是嘴角还在微微抽搐。

有一天，伊娃轻轻走进汤姆起居的小阁楼。她伏在汤姆的椅子背上，从他的肩头上看过去，他正费劲地在石板上画着什么。

“哎呀，汤姆叔叔，你在画写什么东西啊？”

“伊娃小姐，我想给我的老婆和孩子们写封信。”汤姆说着用手背揉着眼睛，“我写不好，先打底稿。”

汤姆没读过书，要写成一封信，比登天还难。

“脑袋凑在一起”“认真讨论”，这些场景很温馨，一老一小，一黑一白，地位身份差别很大，但是两人之间的温情令人感动。【场景描写】

“汤姆，看我能不能帮助你，我学过几天写字，现在也许还记得。”

伊娃的脑袋和汤姆的脑袋凑在一块，两个人开始认真讨论起来。虽然不能一气呵成，但拼拼凑凑，渐渐也成了文章。

“汤姆叔叔，快成了。”伊娃非常兴奋地说，“你的妻子和孩子们会多么高兴啊！以后，我求爸爸放你回去。”“谢尔贝太太说过，把钱凑齐，就赎我回去。”汤姆说，“乔治少爷要亲自来接我呢，这是他送我做纪念的银元。”他把珍贵的银元掏给伊娃看。

“我相信他一定会来的。”伊娃说。

“喂，汤姆！”圣·克莱亚走进门喊道。

汤姆和伊娃都吃了一惊。

“你们在干啥呢？”圣·克莱亚看着石板问。

“噢，这是汤姆给家里人写的信，我在给他帮忙。”伊娃说。

“好了，汤姆，现在套马车上街，等我从街上回来替你写。”圣·克莱亚说。

“不行，这封信很要紧。”伊娃说，“他东家说要凑钱把他赎回去。”

圣·克莱亚心想，这是好心东家安慰仆人的话，也是用来抚平被卖奴仆的恐惧心理的，也许他们说的话，转身就忘记了。

晚上，克莱亚替汤姆写好信，并投入信箱。

圣·克莱亚把汤姆的事处理得还算妥帖。奥菲利娅小姐的工作作风，却在克莱亚家奴仆的上层人士中间遭到非议。他们认为奥菲利娅不像大家闺秀，老爷家怎么会有这样的亲戚。连玛丽太太也说，看她忙忙碌碌的样子，叫人感到心头发慌。奥菲利娅小姐太勤快，好像做啥事都刻不容缓，所以人们非抱怨她不可。

一天，克莱亚带回来一个黑人小姑娘，有八九岁。卷曲的头发，闪亮的眼睛，洁白的牙齿，神情狡黠，但哭丧着脸。她面貌长得有些古怪，好像个小妖精。她用惊讶的目光，端详着室内的摆设。奥菲利娅小姐觉得她太“野蛮”了，回头问圣·克莱亚：“你带她回来干吗？”

把一个八九岁的小姑娘比作小妖精，和伊娃俨然天使的外表完全不同，不禁引起了我们的兴趣。【比喻修辞】

“让你系统地教育和培养她呀。”克莱亚说，“我认为，她是黑人中的好苗子。托普茜，过来唱支歌，跳个舞。”他吹了一声口哨。

小东西用清脆的声音唱着黑人流行歌曲，手和脚打着拍子，两个膝盖不停地晃动，不时身子急速地旋转着，翻了两个筋斗，随着一声啸叫，翻身，双手交叉，稳重立地。

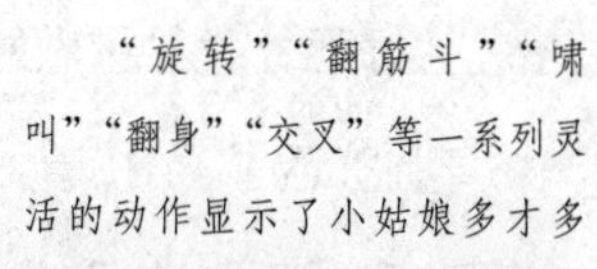
“旋转”“翻筋斗”“啸叫”“翻身”“交叉”等一系列灵活的动作显示了小姑娘多才多艺，能歌善舞。【动作描写】

奥菲利娅小姐被这情景惊呆了。

好捉弄人的克莱亚看见奥菲利娅的神态，暗自得意。他对小姑娘说：“托普茜，我把你交给新主人，要听话啊。”

“是，老爷。”托普茜很正经的样子，眼睛有点儿顽皮。

“你要学规矩啊，托普茜。”圣·克莱亚说。

“这到底是干什么呀？”奥菲利娅小姐问，“家里到处是这些黑小鬼，桌下有一个，门后睡一个，门垫上躺一个，有的钻进栏杆做鬼脸儿，有的在厨房翻筋斗，还不够，你还要带一个回来。”

“你老爱谈教育问题，我给你一个毛坯子，好好打磨呀。”

“我不要，你还嫌我不忙？”

“你们基督徒愿意组织牧师到野蛮人中去传道，就是不愿意把野蛮人带到家里亲自调教。”克莱亚不满地说。

“我没有这种看法呀。”奥菲利娅小姐说，开始用温和的目光瞅着小姑娘。

后来，圣·克莱亚把她拉到旁边才告诉她个中缘故：他经常路过一家小酒店，总听见酒店老板打骂这个小姑娘。小姑娘聪明又滑稽，出于同情心，他买她回来，希望她用正统的教育法训练小姑娘，看看她能成什么样。

“好吧，我尽量做好。”奥菲利娅小姐说罢，便走向小姑娘，“她一身肮脏透了。”接着，便将小姑娘带到厨房去洗澡。

“我可不要她。”代娜说。

“叫她滚远点儿。”另一个仆人说。

在此情况下，奥菲利娅只好自己动手替小姑娘洗澡，换衣服。

奥菲利娅小姐干定了的事，就会义无反顾地干到底。她不顾恶心、呕吐，完成了各项洗擦程序。动作不一定很亲切，对她来说，容忍到这一步，实在不易。小姑娘身上重叠的伤痕，使奥菲利娅动了恻隐之心。

洗完澡后，托普茜穿上一身合体的衣裳，头发剪得短短的。奥菲利娅小姐感到满意，说她比刚来时文明多了。关于教育计划，也在她脑子里酝酿形成。

坐下后，她问小姑娘："几岁啦，托普茜？"

"不知道，小姐。"那小家伙是这么回答的，咧开嘴笑，露出白牙齿。

"没人告诉你？妈妈呢？"

"不知道。"又咧嘴笑了。

"你在哪里出生的？"

"不知道。"托普茜一成不变地说，又笑了。

奥菲利娅小姐严厉地说："你不能这样回答问题，我不是跟你开玩笑。告诉我，你在哪里出生，爸爸、妈妈是做什么的？"

"我从来不知道在哪里出生，"小家伙重复地说，"我没爹没娘，什么都没有。我是由一个拍卖商人养大的。"她的语气很重。

"你在老爷、太太家待了多久？"

"不知道，小姐。"

"一年？一年多？或是不到一年？"

"不知道，小姐。"

"听别人说过上帝吗，托普茜？"

小姑娘莫名其妙，又咧嘴笑了笑。

"你知道你是谁造的吗？"

“谁也没有造我。”那孩子瞬间又一笑。

她似乎觉得这个问题有趣，眨巴了两下眼睛，接着说：“我大概是自己长出来的。”

“眨巴眼睛”表现出小姑娘的狡黠和活泼，认为是自己长出来的话语非常符合小姑娘的年龄，从小就被贩卖，没见过父母。【动作描写】

“你会干什么？”奥菲利娅小姐问。

“提水、洗碟子、擦刀子、伺候人。”

“他们待你好吗？”

“还不错。”小姑娘狡黠地瞧了奥菲利娅小姐一眼。

这段对话，奥菲利娅小姐觉得比较满意。此时，圣·克莱亚就坐在她椅子背后。

“这是一块处女地，姐姐，把你自己的思想渗透进去吧。”

奥菲利娅的教育观点很传统：教育孩子要仔细听人讲话；教他们教义问答、缝纫和写字；如若撒谎，就用鞭子抽打他们。在今天，这套方法太简单，不过，别忘了，在过去的年代，这套方法确实造就了一批又一批相当出色的人物。奥菲利娅就这样孜孜不倦地一心扑在这个野孩子身上。

奥菲利娅小姐把托普茜安置在自己的卧室干活。她准备忍痛把自己的本事：理床、打扫房间全部传授给托普茜。

第二天一大早，奥菲利娅小姐就把托普茜带到卧室开始教她理床的艺术和秘诀。

托普茜一身穿得干干净净，蓄着短发，穿着白衣，外套一件平整的围裙，恭敬地站在奥菲利娅面前。

“托普茜，整理床铺非常讲究，一定要认真学会。”

“是，小姐。”

“看着，这是床单的边，这是正面，这是反面，记得吗？”

“记得，小姐。”托普茜叹了口气说。

“下面的单子一定要包住长枕头，像这样；然后，整整齐齐地掖在褥子下面，像这样。看见了吗？”

“看见了，小姐。”托普茜精神饱满地答道。

当好心的奥菲利娅专心干活时，她的小学生却乘机抓了一副手套、一根丝带塞在衣袖里。

“托普茜，你做给我看看。”奥菲利娅小姐说着拉开床单，便坐着观察。

学生演习得很不错，其态度之严肃端庄，连她的老师都觉得受益匪浅。

不知咋的，小学生一不留神，丝带的一端从袖口滑了出来。奥菲利娅马上扑上去：“你这淘气的坏孩子，你偷丝带！”

托普茜不惊不诧，还故意装出莫名其妙的迷糊样子。

运用神态描写，写出托普茜的狡黠与偷了东西还装作不知道的样子。【神态描写】

“天哪，这不是小姐你的丝带吗，怎么跑到这儿来啦？”托普茜先发制人，以攻为守。

“托普茜，你不准撒谎，你偷了丝带。”

“小姐，我发誓，我从来不偷丝带。”

“托普茜，你知道撒谎是坏事吗？”奥菲利娅小姐问道。

“我从来不撒谎，小姐。”托普茜一本正经地说，“我没撒谎，我说的都是实话。”

“托普茜，你再撒谎，我要用鞭子揍你了。”

“天啦，小姐，你揍我一天，我也这么说啊。”她哭丧着脸，一副委屈样，“我想，一定是小姐你把丝带卷进被盖里，整理时，我的袖子又把它带出来的。”

奥菲利娅小姐对这肆无忌惮的弥天大谎深恶痛绝，不由得抓住黑姑娘用力摇晃起来。

这一摇，手套又被摇了出来。

“你看，现在还说没有偷吗？”奥菲利娅小姐说。

托普茜承认手套是她偷的，但仍不承认偷了丝带。

“好了，托普茜，说实话，我就不打你。”奥菲利娅小姐说。

托普茜在这种保证下，哭着鼻子承认偷了丝带和手套，并表示悔改。

“还偷过什么？昨天，我让你到处窜了一天，拿了些什么？说出来，我不会打你。”

“老天呀，我偷过伊娃小姐脖子上的那条红链子。”

“真的吗，还有呢？”

“我拿过萝莎的红耳环。”

“马上去把东西拿过来。”奥菲利娅命令道。

“小姐，我拿不出来，我烧掉了。”

“干吗把它们烧掉？”奥菲利娅小姐问。

“我淘气，我也不知道是怎么的。”

正说着伊娃活泼可爱地走进屋里来，脖子上戴着那串红珊瑚项链。

“伊娃，你在哪儿找到项链的？”奥菲利娅小姐问道。

“找到的？什么意思？”

“你昨天戴着吗？”

“昨天戴着的，晚上还忘了取。姑姑，开什么玩笑？”

奥菲利娅小姐一时无言以对。这时，萝莎也进来了，红耳环仍在耳朵上晃荡。这是怎么搞的，弄得奥菲利娅丈二和尚摸不着头脑了。

“我拿你真没办法，托普茜。”她无可奈何地说，“你怎么无中生有地说拿了别人的东西？”

“小姐要我讲实话，就不打我，我也没办法。”托普茜说，用手背擦着眼泪。

“把没做过的事也招认出来，同样是撒谎啊。”奥菲利娅小姐说。

“是真的吗？”托普茜装出天真的样儿问。

“哼，这娃娃口中没一句老实话。”萝莎气愤地说，“我要是老爷，早就用鞭子揍得她皮开肉绽。”

“不，萝莎，我不爱听这样的话。”伊娃威严地说。

“伊娃小姐，你心肠真好。你不知道该怎样对付这种黑人，除了揍她，没别的办法。”

“萝莎，闭嘴！”伊娃吼道，满脸涨得通红，“不准再说这种话。”萝莎不敢吭声了。

伊娃站在那里直瞅着托普茜。

两个孩子面对面站着，代表着两个不同的社会阶层。一个白皮肤，一个黑肌体；一个身居高贵，一个出身卑微；一个享有文明与权利，一个备受屈辱和欺凌；一个清秀而有灵气，一个狡黠而又敏锐。

“黑与白”“高贵与卑微”“文明权利与屈辱欺凌”等词语把两个同龄的孩子做了鲜明的对比，写出他们同样的年纪却有不同的命运。【排比、对比修辞】

这种对比反差，隐隐搅起伊娃内心的思考。不过孩子毕竟是孩子，她的认识与归纳能力的幼稚，使她无法清理出一个令人信服的结论来。她天真地对托普茜说：“你为什么要偷东西呢？我什么东西都给你，只希望你不要再偷东西了。”

伊娃温柔的话语，诱发了托普茜心灵的好奇，小姑娘生平第一次听到别人的关心话，她那双敏锐的眼睛闪烁着泪花。可是，她哈哈笑过一阵之后，又故态复萌。是啊，一个耳朵听惯辱骂的人，一时很难听进别人真诚的语言。托普茜对伊娃的话，觉得滑稽和不可理解。

许久没有感受到温情的托普茜内心充满矛盾，面对温柔的伊娃她很感动，但是长久以来遭受的摧残却又让她不敢去相信别人的真诚相待。【巧用议论】

对托普茜一时找不到更好的教育手段的时候，奥菲利娅小姐决定暂时关她进黑屋子，以便自己好好考虑一下这个问题。

奥菲利娅对圣·克莱亚说："我看这孩子是不打不行的。"

圣·克莱亚说："我已全权委托你，你要咋办就咋办。"

"不打不成器。"奥菲利娅小姐说，"我从未说过不打就能把孩子教育好的。"

圣·克莱亚说："我提醒你一下，她的东家打她，随手抓到什么就用什么打，棍子啦、铁铲啦、火钳啦，打得她动弹不得。你打她恐怕要往死里打才行，否则不见得有效。"

"那拿她怎么办呢？"奥菲利娅小姐问。

"对于一个只能用鞭子管教的人，当鞭子对她已失去效力，又该怎么教育呢？这是一个严肃的问题。"圣·克莱亚说。

"我从来没见过像她这样的孩子。"

"这样的孩子在我们南方多的是，还有这样的成年人哩，你想用什么办法？"圣·克莱亚问。

"我不知道。"奥菲利娅小姐说。

"我也不知道。"圣·克莱亚说，"诸如普鲁事件是怎么发生的？我在想，是不是东家和奴仆双方的心肠日渐硬化的结果：奴隶主愈来愈凶暴残忍，仆人愈来愈麻木不仁。鞭子和辱骂跟麻醉剂一样使人的感觉愈来愈迟钝。最后，人类的感情丧失殆尽。我不走这条路，可是，我的仆人一个个又娇生惯养。我觉得，这比铁石心肠好些。堂姐，你总爱谈我们对他们的教育责任，好了，我用一个孩子让你做试验，然后推而广之。"

"这种孩子都是你们的制度造成的。"奥菲利娅小姐说。

"我知道，问题是，既然已经造成，已经存在，我们该怎么办？"

"做试验，我说不上。"奥菲利娅小姐说，"这是义不容辞的事情，我会尽力而为。"

从此以后，奥菲利娅小姐便以极大的热情和精力全神贯注地教育她的学生。她给托普茜规定了工作时间，工作之余教她写字和做针线活。

识字快表现了她的聪颖，不想做针线活就故意把针折断表现了她的孩子气和狡黠，就连精明的奥菲利娅都能骗过。【对比修辞】

小姑娘识字快，字母背得牢，很快就能阅读简易读物。做针线活却笨手笨脚，横针不纳顺线。她烦这玩意儿，于是，不是把针折断，就是把线弄脏。这小姑娘干坏事的手脚快得很，又装得若无其事，奥菲利娅小姐那么精明，也难以看出破绽。

托普茜很快就成了全家的知名人物。她在唱歌、跳舞、杂耍等方面是天才，连伊娃对她也是羡慕和佩服，她似乎对托普茜的戏法着了迷。奥菲利娅小姐看在眼里，不安在心头，她要求圣·克莱亚禁止伊娃这样做。

"唉，别管她。"圣·克莱亚说，"托普茜对她会有好处的。"

托普茜狡黠聪慧，经常利用自己的小聪明骗过所有人，因此把她的坏比作露水，写出了她的"坏"不会对伊娃造成影响。【比喻修辞】

"这孩子太坏了，你不怕她把伊娃也带坏？"

"对别的孩子可能，但是对伊娃，她的坏就像露水滴在树叶上，很快就滑掉了。"

“别太肯定了。”奥菲利娅小姐说，“倘若我有孩子，我不会让他这样。”

“你的孩子可以不跟托普茜玩儿，”圣·克莱亚说，“我的孩子可以跟她玩儿。如果伊娃要学坏，早就学坏了。”

不久，人们对托普茜改变了看法。人们注意到，一旦有谁欺侮了托普茜，意外之祸会从天而降。不是掉了装饰品，就是衣服被弄脏，或者污水泼在你的身上。谁是恶作剧的主谋者，一直查不出来。托普茜被查询过多次，她顶得住，每次都以查无实证而免遭惩罚。恶作剧的时间选择，每每是受害人在主人面前失宠之际，主人不愿查，这又保护了干坏事的人。大家都明白，别再惹托普茜，要不然，有你好受的。

托普茜做事敏捷，学习成效高，收拾奥菲利娅小姐的房间，整洁漂亮，连小姐本人都挑剔不出毛病来。不过，只要奥菲利娅小姐放松对她的督促，她的鬼把戏就出来了：把床单举在空中飘舞；爬上床杆倒挂身体；取出枕芯用头乱撞；或者披上什么做鬼脸儿。奥菲利娅小姐称她在“翻天覆地”。

聪明的托普茜确实很调皮，飘舞床单、倒挂身体、做鬼脸等等，但是却让人讨厌不起来，着实是个很让人喜欢的小姑娘。【动作描写】

有一次，奥菲利娅小姐撞上托普茜正用她的细纱披肩对镜表演。奥菲利娅忘了带走衣柜钥匙，就出了这门子事。

“托普茜，你怎么乱取东西？”奥菲利娅简直忍无可忍。

“因为我太淘气了。”

“我真拿你没办法，托普茜。”

“你揍我呀，我生得贱，不揍不干活。”

“我不愿揍你，你为什么不乐意干活呢？”

“我挨揍上了瘾，不打不自在。”

奥菲利娅小姐也打过她，每次打她，她总是喊痛求饶，号叫得一塌糊涂。过不了半小时，她就向佩服她的小伙伴吹嘘：“奥菲利娅小姐还揍人呢，连一只蚊子都打不死。我的老东家揍人才厉害，那真是血肉横飞，老东家才叫会揍人。”

托普茜喜欢拿自己的荒唐行为当牛皮吹，并引以为荣。

“小黑炭们，”她喜欢这样称呼她的听众，“你们是罪人。奥菲利娅小姐说，白人也有罪。你有罪，我有罪，他有罪，大家都有罪。可是，你们的罪，比不上我的罪。我是坏透了，谁拿我也没办法，我算得上是世界上最大的罪人。”说毕，一个筋斗翻上台阶，满脸堆笑，自鸣得意。

礼拜天，奥菲利娅小姐给托普茜上教义问答课，托普茜的背功特好，上课时对答如流，教师深受鼓舞。

“你觉得这对她有好处吗？”圣·克莱亚问。

“这是孩子们的必修课，当然对他们有好处。”奥菲利娅小姐说。

“不管他们懂不懂？”圣·克莱亚说。

“刚学谁也不懂，长大了自然会懂的。”

“到今天，我也没弄懂。”圣·克莱亚说，“我记得，小时候，你对我讲得很透彻。”

“那时你学习好，我对你抱有很大希望。”奥菲利娅小姐说。

“现在对我不抱什么希望了？”圣·克莱亚说。

“你还像小时候那样听话就好了。”奥菲利娅小姐说。

“我也是这么想的。”圣·克莱亚说，“好了，你继续你的教义问答吧，也许会有效的。”

奥菲利娅做个手势，站在旁边像一尊雕像的托普茜，又开始背诵教义。

就这样，对托普茜的教育进行了一两年，奥菲利娅小姐为她付出了不少心血，也默默地习惯了工作的劳苦。

圣·克莱亚非常喜欢托普茜，简直成了她在家中的保护神。他不时给她一些分币，让她买糖果吃。她很大方，把糖果分发给家里的娃娃们吃。她对任何人均无恶意，除非你伤害了她。

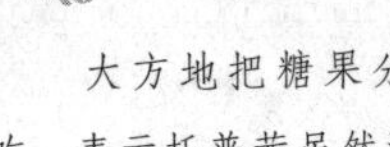

大方地把糖果分给孩子吃，表示托普茜虽然淘气又狡猾，但是却有一颗纯真善良的心。【侧面描写】

·品读与欣赏·

本章中，汤姆在新东家克莱亚的家里生活得宁静而安稳，并且和小伊娃产生深厚的友情，但是他仍然思念着原先的东家，思念自己的妻儿。奥菲利娅小姐的管家工作并不好做，她和克莱亚对黑奴的态度不同，所以管理黑奴的理念也不同，在家里和黑奴产生了一定的矛盾。本章还重点刻画了一个和伊娃完全不同的孩子，一个灵气聪颖却饱受辱骂的黑人小姑娘托普茜，她学习能力很强，深受东家喜爱，她的淘气和狡黠又令人无可奈何，但是就是这样一个充满矛盾的小姑娘却让我们感到心酸和由衷的喜爱。

·学习与借鉴·

1.神态描写的运用。神态描写是刻画人物形象的重要手段之一，人物的神态各有不同，显示人物的内心世界。如同样是八九岁的小姑娘，因为不同的背景和地位，伊娃和托普茜的神态就有很大不同。

2.巧用暗喻的修辞手法。本体和喻体同时出现，它们之间在形式上是相合的关系，说甲（本体）是（喻词）乙（喻体）。喻词常由是、就是、成了、成为、变成等表判断的词语来充当，又叫隐喻。比如文中的句子“这酒是咬你的毒蛇呀”，就是采用暗喻的修辞手法。

十　肯特基

夏日的一个黄昏，谢尔贝先生斜躺在客厅门口的椅子上，脚放在另一把椅子上，悠闲地吸着饭后的雪茄烟，正在旁边刺绣的太太问道：

“克萝收到汤姆一封家信，你知道吗？”

“噢，是吗？老伙计一定遇上了好东家，情况怎样？”

“他确实落在了好人家。”谢尔贝太太说，“东家不错，活路也轻松。”

“噢，我非常高兴。”谢尔贝先生由衷地说，“也许他不想回来了。”

“跟你的看法相反，”谢尔贝太太说，“他着急我们的赎金何时能凑够。”

“我一点儿把握也没有。”谢尔贝先生说。

事实如此，谢尔贝先生的债务没完没了，旧账没了结，新账又到来。借东家，补西家，一年到头连气都喘不过来。

“亲爱的，”谢尔贝太太说，“我们可以把马卖光，再卖一个农场，将债务清了，好不好？”

“亲爱的，你是肯特基最有修养的女人，但是，做生意你不行。这样的事，你们妇人家永远不能懂。”

谢尔贝太太是一番好心，本想帮助丈夫清理一下账目，别人欠他多少，他欠别人多少，该节省的节省才是。可是先生不耐烦，不能说服太太，便习惯大声嚷嚷结束讨论。谢尔贝太太叹口气，沉默不言了。谢尔贝太太头脑清楚而且务实，意志力也超过先生，要说做生意，绝不在先生之下。她一心要履行自己对汤姆许下的诺言，但眼看希望渺茫，不觉叹息起来。

“还有别的筹款的办法吗？我们许诺过他们啊。”

“很抱歉，当初我的话就欠考虑。”谢尔贝先生说，“让克萝大娘死了这条心吧，过一两年再嫁个人得了。”

“我一直教育我的仆人，他们的婚姻与我们的婚姻一样神圣。我不能劝克萝大娘这么做。”

“亲爱的太太，你的道德观念超越了他们的身份，除了徒增他们的幻想，没有实际意义。”

“《圣经》上是这么说的啊。”

“我说过，这套道德观念与他们的地位不相称。”谢尔贝先生说。

“这是奴隶制的偏见，我反对奴隶制就基于此。谢尔贝先生，我答应过我的奴仆的事，绝不食言。”

谢尔贝太太要用自己的能力，为汤姆筹措一笔赎买经费。她的计划是开一间私塾，收费教授孩子们音乐课。谢尔贝先生反对此举，因为这降低了他们的身份。

“这会比我许诺了别人而后又后悔不干，更降低身份吗？”

太太也有道理，谢尔贝先生只是提示太太，在采取理想主义行动之前，最好三思而后行。

这时，克萝大娘出现在门廊前，夫妻的谈话就此打住。

“对不起，太太。”克萝大娘说。

谢尔贝太太起身走到门廊边问道：“克萝，有事吗？”

“太太，你过来，看看这些‘家丁’。”

克萝大娘总要把“家禽”说成“家丁”，虽然孩子们一再纠正她，她老改不过来。

“老天，”克萝大娘说，“我把‘家禽’念成‘家丁’，你们不是都懂吗？那又有什么大问题呢？”

克萝大娘瞅着地上的鸡，若有所思地对太太说：“太太，想不想吃烤鸡？”

“我不在乎，克萝，随你的便。”

克萝好像在看鸡，其实心不在焉，然后，干咳一声，试着问太太：“老爷、太太何必为筹备这笔款子操心呢，可以用现成的东西换钱嘛。”

“我不明白你在说些什么。”谢尔贝太太说。她明白，克萝已经知道了她和丈夫的谈话内容。

克萝笑了笑说：“别人家把黑奴租出去换钱。我们这帮子人光吃不挣钱，那还不坐吃山空？”

“克萝，你看租谁出去好呢？”

“我听山姆说，路易斯维尔有家‘高低铺’，想雇一个做糕点的能手，每周给工价四元。”

“说下去，克萝。”

“如果太太愿意租我出去，我可以帮助你们凑够这笔钱。我做出来的糕点品位，不怕‘高低铺’老板不喜欢。”

“是糕点铺，不是‘高低铺’。”

“太太，没多大区别，字音别扭，念不准呀。”

谢尔贝太太担心克萝舍不得她的两个孩子，克萝回答得好，孩子大了，不淘气，可以委托给莎丽代管。太太告诉她，路易斯维尔路途很远，她说，朝南方走，离我家老头更近。她不知道再近也相距几百里地。

太太同意她去，克萝的脸一下子开朗起来，好像乌云遁去了阴影，大地一片光明。

“克萝大娘，你的钱我一分不动，凑足了好去赎你丈夫。”

“太太、老爷待我好，我什么都不缺，工钱全部省下来。太太，一年有多少个礼拜？”

“五十二个。”谢尔贝太太说。

在太太的帮助下，克萝知道，一年可挣二百零八元钱，要有个四五年工夫，钱就差不多了。太太说，她还可以出力补助克萝一点儿。太太问克萝何时动身，克萝说，如果来得及，想明天跟山姆一起走。

“我去跟谢尔贝先生商量一下。”太太说。

太太上楼去了，克萝回到她的家。

克萝大娘正在收拾东西，乔治少爷走了进来。

“乔治少爷，我要走了，到路易斯维尔去。每礼拜挣四元钱，太太替我存着，用来赎我家老头子。”克萝大娘说。

“这个差事好。”乔治少爷说。

“乔治少爷，请你替我给老头子写封信，把这事告诉他，行吗？”

乔治少爷满口应允，立刻要回家拿纸和笔。他说：“汤姆叔叔收到我们的信，一定高兴得不得了。”

克萝大娘对乔治说：“我给你做点儿好吃的鸡和别的菜，在苦命大娘家吃饭的机会不多了。”

汤姆离家两年多了，思家之情绵延不断，时有啮肤之痛，然而对东家许诺的期待，还不至于让他陷入痛不欲生的绝境。人要善于自我调剂，适者生存，除非瞬间毙命，人用意志和精神就可渡过难关。事实上，在困境中的人，也有属于他那一部分的快乐，要不然你不能理解，沿街乞讨的乞丐为什么也会嘻嘻哈哈。所以，人没有绝对痛苦，亦没有绝对的快乐。

对《圣经》的无限信仰，养成汤姆思考的习惯，其间的教义让他懂得“知足常乐”和“随遇而安”的道理。

他给克萝的信有了回复，回信是由乔治少爷执笔写的。信中叙述了家里发生的令人高兴的事，以及他的孩子们的成长；特别提到克萝在一家糕点铺干活，已经挣了不少钱，一旦凑齐便赎他回来。乔治还在信中告诉汤姆，他的房门已锁，等他回来时再整修漂亮。

信虽简短，但在汤姆心中，搅起阵阵涟漪。他读了一遍又一遍，简直百读不厌，他甚至和伊娃研究，是否用个镜框将它裱起来挂在墙上。

随着时间的流逝，汤姆和伊娃的友谊也在不断加深。汤姆一方面视她为世俗社会的孱弱孩子，倍加呵护；另一方面又把她当做天使般圣洁，无限崇拜。汤姆的最大乐趣是迎合她的幼稚的情绪和简单的愿望。早晨，在花摊给她配一束绰约多姿的鲜花；每天不是给她带回一个桃子，便是一个橘子。这已成了习惯，每当汤姆出现在门口，伊娃便会伸出头来问道：“汤姆叔叔，你今天又带的是什么啊？”

见到她，汤姆心头愉快极了。

伊娃朗读出色，听力、乐感很强，念《圣经》时，汤姆听起来非常悦耳。最初，她念《圣经》只是为报答热情而谦卑的汤姆，到后来，她却被《圣经》所迷，《圣经》在她的心灵深处唤起了一种朦胧的向往。

她最喜欢《圣经》中的《启示录》，飘忽于蛮荒时代的形象，铿锵有力的语言，一幅展现悲壮的图案。虽不能理解它的全部寓意，它的印象却抹擦不去。她和汤姆，都有这种感觉，他们感觉到有一个天国，一个光辉灿烂的未来世界，他们的内心因有期待而欢欣鼓舞。

时值夏日，圣·克莱亚举家到自己的湖滨别墅避暑去了。

圣·克莱亚的别墅具有东印度的款式，房子被回廊和花园围绕，有几条小路通向湖滨。湖水无边无际，在阳光下，泛起粼粼波光。

此刻正值晚霞展现，地平线一抹金碧辉煌，远处水天连成一片。湖面金色和绯红的光，映着点点白帆漂来漂去。

一个礼拜日的黄昏，汤姆和伊娃坐在花园藤架下的石凳上。伊娃正在给汤姆朗读《圣经》："我看见仿佛有玻璃海，其中有火掺杂。"

伊娃忽然停下来，指着湖面说："汤姆，那不就是吗？"

"是什么呀，伊娃小姐？"

"喏，你看。"小姑娘说，顺手指着玻璃状的湖水，正辉映着天上的灿烂霞辉，"那不就是玻璃海掺杂着火吗？"

"真的是，伊娃小姐。"汤姆说着马上就唱起来：

"哦，如我有黎明的翅膀，

我将飞往迦南彼岸，

光明天使护送我归去，

回到新耶路撒冷的家。"

"你知道新耶路撒冷在什么地方吗，汤姆叔叔？"伊娃问道。

“噢，在云中啊，伊娃小姐。”

“那么说，我真的看到它了，”伊娃说，“你看那云彩像嵌了珍珠的门，云彩之上，很远很远的地方，是一片金光。汤姆，唱《光明天使》吧。”

汤姆唱道：

“我看见一群光明的天使，

受领天国的荣华；她们身着洁白无瑕的袍子，

高举着象征胜利的棕榈枝。”

“汤姆叔叔，我看见她们了。”伊娃说。

汤姆不怀疑，也不惊讶，即便是伊娃说她到过天国，他也相信是真的。

“我在梦中时常见到天使。”说毕，她轻声哼道：

“她们身着洁白无瑕的袍子，

高举着象征胜利的棕榈枝。”

“汤姆叔叔，我想上去。”

“上哪儿呀，伊娃小姐？”

小姑娘手指天空，晚霞的圣洁之光洒在她的脸上。“我要上那儿去，”她说，“去见光明天使。汤姆，过不多久我就要去了。”

这时，老仆人才从伊娃的话中感觉到她的健康状况的变化。这些日子，她一蹦跳就吃力，呼吸短促，人渐消瘦。奥菲利娅小姐说伊娃犯咳嗽病，药物都不见效。此刻，她的脸和手都发烫。

世界上有伊娃这样的孩子吗？有的，只是他们的名字过早地刻在了墓碑上，他们的音容笑貌，埋进了思念者的内心。人们谈论死去的亲人，总是优点皆备，升到天堂，都是出类拔萃的天使。他们在人间的短暂逗留，意在让有罪的人亲近他们，以便归天之日，把他们一起带上天去。

伊娃，你是天上美丽的星星，你正在超脱凡尘，孩子啊，你的至亲骨肉尚一无所知。

奥菲利娅小姐的呼唤声，打断了伊娃和汤姆的谈话。

"下露水了，你不能在外面待了，快进来。"

伊娃和汤姆进了屋。

擅长护理的奥菲利娅小姐，对伊娃的症状是有所认识的。她曾经暗中向圣·克莱亚透露过她的忧虑，可是被他顶了回来。

"别说不吉利的话，姐姐，我不爱听。"他说，"小孩子长身体时，总是这样的。"

"问题是她在咳嗽啊。"

"咳嗽不碍事，也许是受凉的缘故。"

"有孩子是这样丢的命啊。"

"你太神经过敏，一点儿小毛病，只要好好照顾就行了。"

圣·克莱亚嘴上说的与心头想的并不一样，只要看看他每天陪她的时间加长，带她出门兜风的次数增多，还不时捎回一种新药方，就可以断定他内心的忧虑。每想到孩子思维的成熟，心灵的聪慧，他就好不痛心！这时，他紧紧地搂着伊娃，仿佛父亲痴心的爱可以挽救孩子的生命。他内心异常激动，发誓要尽一切努力，永远保住她。

伊娃不再跟家里的孩子们一起玩儿了，她坐在旁边，心里想着很远很远的地方。人们注意到，伊娃的言行，更加流露出体贴入微的温柔气质。

有一天，伊娃对妈妈说：“我们为什么不教仆人识字呢？”

“识字不会让他们多干活。他们天生是干活的人啊。”

“可是，他们应该读《圣经》，懂得上帝的旨意啊。”

“到时会有人念给他们听的。”

“我觉得，他们应该人人都能读《圣经》，他们时刻需要《圣经》。”

母女俩的见解不一致。母亲说，托普茜识了字，更是坏透了；女儿的依据是，玛米多么希望自己能阅读《圣经》啊。

伊娃对妈妈说：“要是我不能念给她听，她怎么办呢？”

母亲没有直接回答女儿的提问，一心在抽屉里翻腾着什么。她找出一个首饰盒，说：“参加社交活动，你用得着它们。”

伊娃从首饰盒里取出一串钻石项链，心不在焉地望着它。

“你怎么不说话啊，孩子？”玛丽说道。

“妈妈，这项链很值钱吗？”

“是你爸爸从法国买回来的，也算得上一个小家当。”

“要是我能用它来做一件我心里想做的事，那就好了。”伊娃说。

“你想用它做什么？”

伊娃的愿望是，卖掉项链，用这笔钱在北方的自由州里买些产业，把他们家的奴隶带到那儿去，请老师教他们读书写字。

母亲挖苦地说道：“还要教他们弹钢琴、学画画，是吧？”

按照伊娃的意思，应该教会仆人自己看《圣经》，自己写信，自己能看懂别人写来的信。伊娃对母亲表示，正因为他们家里的黑奴不会认字、写字，她心里非常难过，还觉得这里面有什么不对头。

“好啦，好啦，伊娃，你的话令我头痛。”玛丽说。

头痛一语是玛丽的护身符，谁的话不中她意，就用它做挡箭牌。

从此以后，伊娃不辞辛苦地教玛米认字、写字。

阿尔弗雷德带着十二岁的儿子，来到湖滨别墅与圣·克莱亚一家人团聚。

孪生兄弟的外貌毫无相似之处，但是，他们间的手足情却超乎寻常。他们手挽手在花园里散步，虽然兄弟俩的意见相左，彼此相互指责，但是，如胶似漆的情谊不减。正是这种矛盾，像磁石两极的引力，把他们牢牢地吸在一起。

阿尔弗雷德的儿子亨里克气宇不凡，是个朝气蓬勃、精力充沛的孩子。一见面，他就被伊万吉琳的清秀姿容吸引住了。

汤姆将伊娃的一匹小马驹牵到走廊来，后面跟着一个十二三岁的混血男孩，也牵着一匹阿拉伯种的黑色小马驹走过来。这匹阿拉伯小马是不久前阿尔弗雷德花大价钱为亨里克从国外买回来的。

亨里克得到这匹马，产生了一种稚气的骄傲。

这时，他从马童手中接过缰绳，仔细将马打量了一番，突然脸色一沉，问马童：“多多，你这懒鬼，今天可没把马刷干净啊。”

“刷干净了的，少爷，”多多说，“身上的灰是它自己刚沾上的。”

“住嘴，浑蛋。”亨里克一边说，一边气冲冲地高举鞭子，“你敢顶嘴。”

小马童是个漂亮的混血儿，个头差不多与亨里克一般高，以其躯体和肤色论，他有着明显的白人血统。

他刚想辩白，亨里克一马鞭抽在他的脸上，又抓住他一只胳膊，强行拖他跪下。亨里克狠狠地揍他，用力之猛，连他自己也累得喘不过气来。

“我得教训教训你，让你懂得自己的身份。”

“少爷，”汤姆插嘴道，“我看见多多刷了马的，是刚才马从马厩出来，在地上打了滚，才沾上泥的。”

“我没问你，别插嘴！”

亨里克走上台阶，与身穿骑装的伊娃攀谈起来。

“亲爱的妹妹，这笨蛋让你久等了。”亨里克说，他发现她面带不悦。

“你对可怜的人，怎么这样凶狠？”伊娃问。

“凶狠，什么意思？”亨里克感到惊讶。

“你要这样，就别叫我亲爱的。”伊娃说。

“你不知道，多多爱撒谎，只有狠狠地揍他才有效。爸爸就是这样治黑奴的。”

“汤姆叔叔说这是意外啊，汤姆是从不撒谎的。”

亨里克还想表明自己教育有方，但看见伊娃不高兴的神情，便改口说道：“要是你看见心烦的话，我以后不在你面前打他就是了。”

这位堂兄无法理解伊娃对待黑奴的感情。

多多牵出来另一匹马，亨里克的态度稍微温和一点儿。看得出，多多暗暗地哭过。

亨里克吩咐多多把马牵到伊娃身边，说要扶她上马。亨里克讨好女孩子很有一套，并引以自傲。可是伊娃并不买他的账，回头对多多说：“你是个好孩子，多多，谢谢你。”

多多颇受感动，两眼充满泪水。

多多挨打的情况，圣·克莱亚兄弟俩从花园的另一角看得很清楚。

克莱亚漫不经心地说：“这是共和主义教育吧，阿尔弗雷德？”

“亨里克性子一来，简直是个小阎王。”阿尔弗雷德说起这话，好像不当一回事。

圣·克莱亚讥笑其兄袒护儿子的专横霸道，老子却尽力为儿子开脱，说多多是个妖怪，经得起打，打不坏的。

“你这样能让儿子懂得‘人天生自由、平等’的道理吗？”

“将带有法国情调的话拿到美国来讲，太荒唐了。”阿尔弗雷德说。

“我想是这样。”克莱亚意味深长地说。

“要知道，世界上的人生下来，既不自由，也不平等。”阿尔弗雷德说，“法国式的共和宣传大都是瞎扯淡。应该享受平等权利的是那些受过教育的、聪明的、富有并且高尚的人，绝对不是那些下等人。”

兄弟俩的观点和见解完全对峙，几乎达到水火不相容的地步。

克莱亚说，下等人，在法国，还一度当权，并预言他们再度站起来时，其来势非同小可，倘若对此视而不见，就类似把锅炉水烧得翻滚，再关上安全阀门，总有一刻，锅炉会爆炸开来。到那时，原来的下层变成上层，乾坤颠倒即如是。

阿尔弗雷德的看法恰恰相反。他主张，对不能接受他们观点的人，要坚决镇压，绝不手软。他坚决反对目前风行的教育黑奴、提高黑奴地位的说法。关于烧得滚热的锅炉，阿尔弗雷德坚持，只要炉壁坚硬，机器没有毛病，它就爆不了。他的结论是“时间验证一切”。

“时间一到，他们会统治你们的。”克莱亚说，“法国贵族不让人民穿裤子，后来，贵族终于饱尝了不穿裤子的统治者的滋味。”

“简直是一派胡言。”阿尔弗雷德说。

说到美国制度的弊端和美国教育的缺点，兄弟俩的看法有近似性，但是阿尔弗雷德强调，美国制度也有优点，它把年轻人训练得又勇敢，又有气魄，而下等人只会撒谎和欺骗。他们天生的弱点，让我们将其踩在足下的状况，永远也改变不了。

“也许是这样。”圣·克莱亚说。

“克莱亚，不兜圈子了，我们下盘棋吧。”

在走廊的竹茶几上，兄弟二人全神贯注地下起棋来。

“哒哒”的马蹄声响起来。

亨里克陪伴着伊娃骑马归来，他侧着身子对他漂亮的堂妹开心地笑着。伊娃身着蓝色骑装，头戴蓝色小帽，运动之后容光焕发，愈发可爱。

“多么迷人的小姑娘啊！”阿尔弗雷德说，“将来肯定会让一些人心碎的。”

这句话点到了圣·克莱亚的心病，他急忙走下台阶，抱着女儿问长问短，又把她抱进客厅里，放在沙发上。

“让我来照顾她吧。”亨里克说。

等两个大男人重新回到廊道的棋盘旁，亨里克在沙发边坐下来，握着伊娃的手。

“伊娃，我心里真难过，过两天我们走了，不知何时与你再相见。要是我和你在一起，一定对多多好。我的脾气太急躁，其实，我对他是蛮好的，你不也看见我给他钱吗？”

“没有亲人的爱，你的日子能过得好吗？”伊娃问道。

“噢，当然不会。”

“你使多多离开亲人，没有关心，没有爱，他的日子会好起来吗？”

“我不能把多多的妈妈也弄过来啊。”亨里克说，“再说，我爱不了他，别人也不会爱他的。”

“为什么不能爱他呢？”伊娃问。

“没有人会爱自己的仆人啊。”

“我爱仆人。”伊娃的话很干脆。

“这怎么可能？”

“《圣经》上不是说我们应该爱一切人吗？”

“《圣经》是这么说，可是，谁也不想照这么做啊。”

伊娃沉思一阵后，对亨里克说道：“亲爱的哥哥，为了我，爱可怜的多多吧。”

亨里克非常诚恳地对伊娃说：“为了你，我爱所有的人。”

伊娃天真无邪地听着，没有丝毫表情，只是嘴里说着：“你这样想，我非常高兴，希望你记住你说的话。”

开饭铃声中止了他们的谈话。

·品读与欣赏·

作者在本章中先把我们带回到谢尔贝先生那里，谢尔贝先生自顾不暇，没有多余的钱赎回汤姆，而谢尔贝太太十分内疚，最终汤姆的妻子找到一份工作，可以自己赚钱来赎回汤姆，汤姆一家的团聚有了希望。汤姆和伊娃的感情越发深厚，两人在宗教中找到更多的共同点，成为忘年交，善良的伊娃也开始尽自己的力量帮助黑奴，想使黑奴生活得更好一点，尽管妈妈不支持，但是她仍然坚持做下去，让我们看到一颗纯真善良的心，令人感动。

·学习与借鉴·

1.善用语言描写。运用语言描写，可以将人物形象塑造得更加具体可感。如本章中，伊娃与她的堂兄的对话，写出了她的善良。

2.对比修辞手法的运用。对比，是把具有明显差异、矛盾和对立的双方安排在一起，进行对照比较的表现手法。如克莱亚和阿尔弗雷德兄弟俩对黑奴态度不同，一个主张温和对待，一个主张镇压，这就体现出他们二人性格的不同。

十一　伊娃病了

阿尔弗雷德父子走后，伊娃日渐体力不支。有几天她只好躺在家里，逼得本不想张扬此事的圣·克莱亚只得请医生给女儿看病。

> 身为伊娃的妈妈，应该是最关心和爱护女儿的人，但是玛丽却对伊娃不管不问，表现了一个极度不称职的母亲形象。【心理描写】

玛丽·圣·克莱亚一直没留意女儿的病情和健康状况。玛丽坚信，谁得的病都不如她的痛苦，谁受的折磨都不如她的厉害。只要有人说谁病了，她会气冲冲地断言，那个人不是有什么病，是想偷懒耍滑。

奥菲利娅小姐几次想引起她对伊娃的病情的关心，结果徒费心思。

"我看不出这孩子有什么病，"她坚持说，"成天蹦蹦跳跳的，有什么病？"

"她在咳嗽啊。"

"你别提咳嗽，我咳了一辈子，啥病也没得。伊娃这点儿咳嗽算什么？"

“她身体愈来愈虚弱，呼吸也愈来愈短促。”

“我少年时也是这样，她只是神经衰弱罢了。”

“她夜里出冷汗呀。”

“我的冷汗比她厉害多了，衣服湿得可拧出水来，睡衣没一根干纱，床单要拿到太阳下晒。”

奥菲利娅从此不提此事。可是现在，伊娃病了，医生来了，玛丽的口气也变了。

她说，她早就知道伊娃病了，她是世界上最痛苦的母亲。自己病了不说，还要眼睁睁地看着女儿病入膏肓。玛丽又以这新的创伤为借口，夜里折腾女仆玛米睡不好，白天就借故骂人。

医生的到来使得玛丽见风使舵，但是依然不关心女儿，只是以这个为借口折腾黑奴，更加印证了她的自私。【侧面描写】

“玛丽，你不应该对伊娃的病感到绝望啊。”

“你没有做母亲的感情，克莱亚，你一直不了解我，现在还是这样。”

“你别这么说啊，好像她的病已经不可挽救了似的。”

“我怎么能像你那样漠不关心，克莱亚。女儿病了，你不心疼我心疼。”

“我知道，孩子身体单薄，发育得太快了，体力消耗得也厉害，加上这些天天气太热，哥哥来了，又兴奋过度。不过，大夫说有希望治好。”

玛丽的话十分刻毒：“你乐观，你就去乐观吧，感觉迟钝的人真有福。我太敏感，太操心，所以，我比别人更痛苦。”

过了些日子，伊娃的病情大有好转，她又出现在花园里和阳台上，有说有笑。父亲喜出望外，逢人便说伊娃可能复原了。奥菲利娅和医生明白，这是危病患者死前的回光返照。有同样感觉的还有伊娃本人，在她幼小的心灵里，有那么一种平静、清晰的声音在对她说，她在人间的日子不多了。这是体质衰弱者在冥冥之中的幻觉，还是人的灵魂在临近永恒时的内心躁动？伊娃的感觉像夕阳般宁静，像秋天一样高朗。

回光返照，即将离开这个世界的伊娃，不像其他孩子充满恐惧，而是感觉到宁静和安逸，小伊娃的安静越发让人感到心痛。【心理描写】

在伊娃和她的老朋友常读的《圣经》里，她见到过热爱孩童的基督形象，并牢记在心。此刻，她望着他沉思时，仿佛他不再是一个属于遥远的过去的形象，却变成活生生的无处不在的现实，他的爱以浸润的方式渗透进她的心灵。她说，她要到他那里去，上他天国的家去。

她舍不得她的父母，同时，也舍不得那些忠心的仆人。黑奴生活的悲惨世界，她看在眼里，记在心头，她苦苦思索，有一种强烈的愿望，怎样营救这些可怜的人们。

有一天，她给汤姆念《圣经》的时候说：“汤姆叔叔，我现在明白了，耶稣为什么心甘情愿为我们死。”

“为什么呢，伊娃小姐？”汤姆问。

“因为我也有这种想法。”

“伊娃小姐，我怎么搞不明白你在说什么呀？”

伊娃告诉汤姆，在船上，她看到黑奴的悲惨处境，以及她听到普鲁大娘的死，她就在想，如果能使他人的不幸有个终止的话，她愿以死替换。小姑娘把她瘦削的手放在汤姆的手上。

小姑娘的愿望使汤姆非常感动，当父亲叫走她后，汤姆还在独自哭泣。

“留不住了，”汤姆在哀叹，“她的额头印上了上帝的戳记。”

伊娃从台阶走向父亲，在她的背后留下了夕阳的余晖，衬托着穿白袍的她，犹如一幅天使下凡的图画。

> 天使确实是伊娃最好的写照，这幅绝美的画面体现了伊娃内心的善良和温情。【比喻修辞】

当伊娃朝着她父亲走去时，她的形象使他心中顿生悲凉。物极必反，一种事物发展到极限，便走向它的反面。美到了极点，即是美的终止与折返。父亲抱着孩子，甚至忘了该告诉她的事情。“乖乖，今天感觉如何？”

伊娃真切地对爸爸讲：“趁我现在身体还不十分糟糕，有几句话，要想告诉你。爸爸，再瞒也没用，我要走了，永远走了。”说完话，她悲戚地哭出声来。

“爸爸的小乖乖，你情绪不佳，干吗想得那么阴暗呢？你看爸爸给你买了一个小塑像。”克莱亚的身子在哆嗦，但是装着十分平静。

> “哆嗦”，简单一个词表现了克莱亚内心深深的悲伤，但是面对女儿还要强忍着，不能表现出来。【动作描写】

“爸爸，别再自己骗自己了。”伊娃

说，“我的病没法好转，我心里明白。我不是情绪不好，我就是要走了。我愿意去，也想去。”

“乖孩子，你为什么如此悲伤？凡是使你快乐的东西，无论耗费多少钱，爸爸都是给了你的啊。”

“世间许多可怕的事，叫我伤心，我愿意到天上去。但是我又舍不得离开你，我心头好难过啊。”

伊娃是一个聪慧的孩子，她的早熟和善于思考，使她在死亡之前，仍忘不了贫穷人的悲惨境遇。在家里，她和这些可怜人相亲相爱，更希望他们能获得自由。她知道爸爸是好人，可是阿尔弗雷德伯伯以及与他相似的人，就是另一种人，他们从来不把黑奴当人看待，黑奴的命运太糟糕了。她问她爸爸有什么办法让所有的奴隶变成自由人？她说爸爸你心眼好，又高尚，说话别人愿意听。她劝她爸爸在她死后，到各地游说，说服大家起来纠正这种错误制度。她诘问她爸爸，你爱我，难道普鲁不爱她的孩子？玛米不爱她的孩子？汤姆不爱他的孩子？

最后，伊娃向爸爸提出：“我死后，请爸爸给汤姆自由。”

“好的，孩子，我答应你。”

孩子灼热的脸贴着父亲的脸说：“爸爸，要是我们能一起去该多好啊。”

父亲忙问道：“上哪儿去啊，孩子？”

“到救世主家去呀。那里充满和平与安宁。”伊娃说话的口气听起来似乎她十分熟悉那个地方，“爸爸，这样美好的地方，你不想去吗？”

圣·克莱亚紧紧地抱着孩子。

“你会来的。”小姑娘的语气很镇定。

“我会来找你的。”父亲怆然地说。

在夜色中，圣·克莱亚默默地坐着，怀抱小姑娘，他已看不清她的脸，但是，能听见她幽灵般的话语。他陷入最后审判的幻象里，他回顾往事，一幕幕展示在他面前：母亲做祷告和唱赞美诗的印象；他青年时代的向往与抱负；而后的碌碌无为、饱食终日的奢侈生活。回忆中的圣·克莱亚，浮想联翩，思绪万千，感触很多，只是一句话也说不出来。

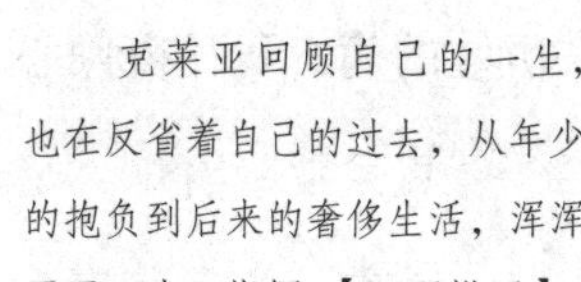

克莱亚回顾自己的一生，也在反省着自己的过去，从年少的抱负到后来的奢侈生活，浑浑噩噩，内心怅惘。【心理描写】

他把孩子抱在怀中摇着，一直到她沉沉入睡。

一天，奥菲利娅小姐带着伊娃，乘坐汤姆的小马车，到不远处的一个教堂做祷告去了。

玛丽抱着一本书，躺在沙发上在打盹儿。她醒过来时，便对圣·克莱亚说：“我要派仆人去城里请老波西医生来，我一定得了心脏病。”

“难道非波西医生不行？给伊娃看病的医生就很不错嘛。”

“我的病不让他治。”玛丽说，“我的病日益严重，有时真痛得我支撑不了了。”

圣·克莱亚安慰她，未必是心脏病，可能是心情不佳的缘故。

“我早料到，你是不信的。”玛丽说，“伊娃有点儿咳嗽，你惊慌失措；我病了，你漠然处之。”

克莱亚告诉她，她的心脏病，只是他刚刚才听说。至于是不是有心脏病，克莱亚的态度是，你说有，我就承认有。

听此言，玛丽有些生气：“信不信由你，你总会后悔的。为了伊娃的病，我日夜操心，这才得了心脏病。”

克莱亚吸着烟，暗自思忖，她到底为孩子操了多少心？

随着一阵马蹄声由远而近，奥菲利娅和伊娃回来了。

下车后，奥菲利娅回她的房间，伊娃坐在爸爸的膝盖上，讲述着祷告的事情。

一声尖叫，从奥菲利娅小姐的房间里传出来，接着是她的斥责声。

“定是托普茜闯了祸。”克莱亚说。

过了一阵，奥菲利娅小姐把闯祸的托普茜揪出门来。

“过来，”奥菲利娅生气地吼道，“我要告诉你东家。”

“发生了啥事？”

这小家伙真够捣蛋的，奥菲利娅小姐叫她在屋子里读书，她不守规矩，用奥菲利娅小姐的钥匙，打开箱子，取出帽子花边，剪成一片一片的，给玩具娃娃做衣服。

这时，玛丽插话了：“我早说过，这家伙不给点儿颜色看，是规矩不了的。依我的脾气，拉出去狠狠揍一顿，叫她趴在地上起不来。”

“我信，”圣·克莱亚说，“我亲眼见过，有个女人愤怒时，将马匹、奴仆打得气息奄奄，命悬一线。”

托普茜虽不像话，奥菲利娅小姐发怒也在情理之中，但是玛丽过火的言辞，反而使她的火气减弱下来。

她只是这样告诉圣·克莱亚：“我说过她、骂过她、打过她，都无效，你说咋办？”

“过来，托普茜，你这只猴儿。”克莱亚招呼道。

托普茜走到他身边，略显惧怕的眼睛眨巴着，样子滑稽可笑。

“你为什么这样顽皮？”克莱亚也被她逗笑了。

“奥菲利娅小姐说我的心眼儿太坏。”托普茜煞有介事地说。

照托普茜的说法，她是本性难移了。因为她的老主人以前对她真凶残：一绺一绺地扯掉她的头发，一下一下把她的头在门上撞。可是这一切都毫无效果，就因为她是黑鬼，黑鬼就是坏。

既然如此，奥菲利娅小姐宣布放弃对她的教育。

“我想提一个问题。”圣·克莱亚说。

“什么问题？”

“如果福音书不能拯救一个野孩子，那你们派到千百万野蛮人中去的牧师们，又有什么用呢？”

奥菲利娅小姐没有马上回答这个问题，在一旁一直没吭声的伊娃，这时带着托普茜走进克莱亚的书房，圣·克莱亚招呼奥菲利娅，蹑足屏息地前往窥视。

两个孩子坐在地板上，托普茜仍然是一副滑稽可笑、无所谓

伊娃和托普茜的又一次对比，依然一个像天使，一个像妖精。【对比修辞】

的样儿。她对面坐的伊娃，却是满面通红，泪水汪汪。

“你为什么这么坏呢，托普茜？”伊娃说，“难道你谁都不爱？”

“什么叫爱？我只爱糖果。”

“你也爱你的爸爸和妈妈呀。”

“我没爹娘，伊娃小姐，我告诉过你。”

“是的，”伊娃悲哀地说，“你没有兄弟、姐妹，或者是阿姨什么的。”

“我什么也没有，没有一切。”

“不过，托普茜，你要想学好，也许……”

托普茜的话语充满了自卑，正是因为自己皮肤是黑色的，她才饱受侮辱，自己也越发自暴自弃。【语言描写】

“我学好了还不是黑鬼？”托普茜说，“要是有人能把我这张黑皮扯掉，换上白皮肤，我就愿意学好。”

“就凭你是黑人，也有人爱你啊。托普茜，学好吧，奥菲利娅小姐就爱你。”

托普茜生硬而短促地笑了一声，表示她对人和事的怀疑。

“你不相信吗？”伊娃问。

托普茜不相信奥菲利娅小姐的爱，也有她的道理，奥菲利娅小姐多次表示出她对她的不能容忍。据托普茜讲，奥菲利娅小姐宁愿让癞蛤蟆碰她，也不让她碰她一下。托普茜认为没人会爱黑人，她对此也不在乎。

“噢，托普茜，我爱你。”伊娃突然情感迸发，把一只白皙的小手放在托普茜肩头，“我爱你！你没爹没娘，没有朋友，你是一个可怜的遭受凌辱的孩子！你，我希望你成为好孩子。我的病很严重，活的日子不多了。看你这样淘气，我心里好难过啊。希望你看在我的面上，做个好孩子，我跟你在一起的日子不多啦。”

黑孩子大眼睛里充满晶莹的泪水，一滴一滴落下，滴在伊娃白皙的手上。是的，此刻，一束真诚、信任的光芒，一束圣洁的爱的光芒击穿了她那野蛮的灵魂。她把头靠在膝盖上，伤心地哭起来，伊娃弯着腰站在她面前。那画面，就像光明天使在感化一个有罪的人。

伊娃的善良和宽容终于打动了固执的托普茜，托普茜流下了后悔和伤心的泪水，伊娃也终于点醒了托普茜，拯救了这个饱受摧残的孩子的灵魂。【场景描写】

“可怜的托普茜，”伊娃说，“你知不知道耶稣爱一切人，他乐意爱我，也乐意爱你，他像我一样爱你。他爱你比我爱你更深，因为他比我好。他会帮助你学好，将来你也能进天堂，跟白人一样，永远做一个天使。”

伊娃的话，让托普茜的脑子开了窍，她直言她愿意学好，只是以前她对此不在意。

此时，圣·克莱亚放下帘子，对奥菲利娅小姐说：“这使我想起母亲说的话完全正确。她说，如果我们要帮助一个瞎子恢复光明，一定要像耶稣一样，把瞎子叫到我们跟前，亲自给他治疗。”

“我是对黑人有偏见，”奥菲利娅小姐说，“我不愿那孩子碰我一下是事实，没料到她会知道。”

“人不在大小，她有感觉就会知道，”圣·克莱亚说，“这是瞒不了人的。我想，教育问题不只是物质问题，你给她再多也不能心心相印，何况你还厌烦她，她怎么能同你融洽感情？教育者要懂得抑制情绪。”

“我不懂怎样抑制情绪，”奥菲利娅小姐说，“我心里的确烦他们，特别是她，我怎样抑制情绪呢？”

“伊娃似乎懂得。”

“是啊，她心中充满爱！”奥菲利娅小姐说，“话说到头，还是基督精神。也许从她身上，我可以得到一些启示。”

·品读与欣赏·

伊娃生病让我们揪心，而她妈妈对她的漠不关心又让我们心酸，幸好有克莱亚对她百般呵护，以及家人对她的百般关心。而濒临死亡的伊娃却在思考黑奴的问题，想在自己为数不多的时间里带给黑奴一丝光明和温情。在她的善良和关怀下，固执的托普茜终于被她打动，深深地感动于她的宽容和仁慈。伊娃生病可谓是汤姆叔叔生活的转折，伊娃离去之后又将会发生什么事情，汤姆叔叔的命运如何，让我们拭目以待。

·学习与借鉴·

1.情节铺设恰到好处。通过运用伏笔等手法设置情节的发展，使故事能合乎情理地发展下去。本章中伊娃的病重就是给故事的发展作了铺设。

2.心理刻画。心理活动的刻画可以揭示人物的内心世界，如对克莱亚面对女儿病重时的内心的刻画，直接深入克莱亚的心灵，揭示他的内心世界，表现了他丰富而复杂的思想感情。

十二　离去

伊娃精力衰竭，日常走动减少，人们常常看见她躺在卧室窗子边的竹床上。

伊娃的卧室由她的父亲圣·克莱亚精心设计布置，从窗帘到小陈设，从鲜花到油画，特别是画面中儿童的不同姿态，无不弥漫着童年美丽、平安的氛围。每日醒来，伊娃所见之物，无不使她赏心悦目，泛起美好的遐想。

伊娃懒洋洋地躺在竹床上，小手指放在半掩的《圣经》中间，望着水中涟漪出神。突然，从走廊传来妈妈发出的尖叫声。

“你这鬼丫头，又捣什么鬼？你摘花？”接着是一记响亮的耳光。

“太太，这是给伊娃小姐的。”一听，便知这是托普茜的声音。

“伊娃小姐？你好会找借口！她稀罕你的花？贱东西，滚！”

瞬息之间，伊娃翻身下床，连忙跑进走廊。

“唉，妈妈，我要花。请给我吧，我要！”

“你满屋不都是花吗？”

“花不嫌多。”伊娃说，“托普茜，拿过来。”

此时，垂头丧气的托普茜，面带犹豫和腼腆的神情，平日的怪诞、放肆和滑稽都消失了，她上前一步把花递给伊娃。

“这花真美！”伊娃瞧着花说。

这束花由红色天竺葵、白色山茶花与几片绿叶搭配而成。看得出，摘花人对颜色的感受十分敏锐，叶片的搭配也体现出她的情趣。

伊娃说：“托普茜，你真会配花。瞧，这里有只空花瓶，以后每天由你插上鲜花。”

听了此话的托普茜非常高兴。

“真怪，你干吗要她给你摘花啊？”玛丽问。

“别操心，妈妈，答应我，让托普茜给我摘花，好吗？”

“好吧，我答应你，乖乖。”玛丽应允女儿，又回头告诫托普茜，“记住，好好听小姐的话。”

托普茜行礼后，垂下眼睛，转身走去时，伊娃看见，泪水从她黑黝黝的脸颊流下来。

伊娃对母亲说：“妈妈，我知道，可怜的托普茜总想为我做点儿什么。”

“废话，她是捣蛋。不该摘花，她偏要摘，就这个拗劲。不过，你喜欢，就让她摘吧。”

女儿告诉母亲，托普茜在变好，可是，玛丽不以为然；女儿说她的命苦，母亲说，她学好要下番工夫；女儿说，她的坏，是她周围不良环境造成的，她缺少人的爱，母亲说，她这么调皮，永远也改不了。总之，母女二人各说各的。

“妈妈，要是托普茜是个基督徒，也会跟我们一样成为天使，是不是？”

“亏你想得出，真是太好笑了。”

“妈妈，托普茜与我们享有同样的主耶稣的关爱吧？”

“也许吧。”玛丽说，“我的香精瓶呢？”

“真的可惜，真的可惜。”伊娃自言自语道。

“可惜什么啊？”

“唉，有的人本可以成为天使，却在走下坡路，但是，没有人愿意拉她一把，真可惜啊！”

母亲与女儿很难找到共同的语言，母亲又在唠叨她的病痛，于是，伊娃招手叫爸爸过来。父亲坐在她身边。

“爸爸，我的身体每况愈下，是得走了。我有些话要说，你总不爱听，这是事实，允许我现在说吧。”

圣·克莱亚答应了女儿的要求，他一只手捂住眼睛，一只手与女儿的手紧握在一起。

应伊娃的要求，全家人，包括大小仆人，都齐聚在她的卧室。

伊娃斜靠在枕头上，苍白的脸透出生命的凄凉。她目光恳切地望着大家。

人们默不作声，只有玛丽在呜咽，好像在进行告别仪式。人人脸上呈现的是悲痛与哀愁，许多女人用围裙捂着脸。

伊娃说：“我请亲爱的朋友们来，是因为我爱你们，爱你们中间的每一个人。我有话跟你们讲，希望大家永远记住，我要离开你们了，几个礼拜之后，你们再也见不到我了。”

屋子里迸发出的痛哭声，打断了她的话，淹没了她微弱的声音。

伊娃说：“我要同你们谈谈灵魂的问题。也许有的人对此不在乎，因为你们只看到尘世，不知道还有一个耶稣的美丽世界。我要去了，事实上，你们也能去。你们要去，就不要懒散、粗心和不用脑筋。你们一定要做基督徒，记住，将来大家都能做天使……你们是基督徒，耶稣便会帮助你们。你们必须对他祈祷，你们必须阅读——”

她望着他们，眼里充满怜悯，又凄凉地说：“哦，老天，你们不识字啊。”她蒙着脸伤心地哭泣，听者也随之呜咽起来。

伊娃眼里噙着泪水，抬起头面带微笑，说：“别担心，即使你们不识字，耶稣也会帮助你们。你们要做好人，请人把《圣经》念给你们听，你们每天要祈祷。请相信，我们一定会在天堂相见。”

汤姆和玛米带头祈祷上帝保佑。

最后，伊娃说：“我知道，大家爱我。我想送大家一样东西，作为生命的纪念。这是我的一绺头发，看到它，大家就会想到我。我爱你们。”

仆人们围在竹床边，接受她的纪念品。在他们心中，这是她最后的爱的表示。

奥菲利娅小姐担心过分动情会影响伊娃的健康，吩咐仆人们退出，留下汤姆和玛米。

伊娃对他们说:“汤姆叔叔，想到将来我们在天堂再相会，我好高兴呀。”她回头又拥抱着玛米，“我亲爱的、善良的老玛米，你也会进天堂的。”

“伊娃小姐，没有你我怎么活啊。你一走，这家便拆散了。”说到此，玛米不禁放声痛哭。

汤姆和玛米出去了。

奥菲利娅小姐回头一看，托普茜还在屋里站着。

“你打哪儿钻出来的？”她问道。

“我一直站在这里啊。”抹着眼泪的托普茜说,“啊，伊娃小姐，能给我一绺头发吗？”

“当然给你，托普茜。只要你看见它，就知道我爱你。你要学好啊。”

托普茜告诉伊娃，她在学好，只是感到有点儿不习惯和不容易。伊娃要她经常祷告耶稣，他会帮助她的。

托普茜将一绺头发揣在怀里，然后用围裙蒙着脸，潸然泪下。奥菲利娅小姐默默地将她送出门外，关上房门，她也在流泪。

圣·克莱亚一直呆坐着，仆人走了他仍然一动不动。

“爸爸！”伊娃拉着他的手喊道。

他被喊声一惊，打了个寒噤，站起来，语调辛酸地说:“我受不了！无处不在的上帝对我太狠心！”

“克莱亚，我们不能质疑上帝安排自己儿女的权力。”奥菲利娅小姐说。

“也许吧。”圣·克莱亚生硬地说。

“不是也许，是一定。”伊娃说毕，便放声大哭。

这一哭，让父亲着了急，连连说：“好吧，伊娃，好吧，宝贝，别哭了，别哭了。爸爸错了，爸爸不该那么说话。是的，我应该服从天命。”

父亲与女儿的融洽、亲昵和友好使一旁的玛丽一下起身，冲出屋门。

“孩子，你还没有送我一绺头发呀。”父亲脸上流露出惨淡的笑意。

“爸爸，你是基督徒吗？”伊娃问道。

“你问这干吗？”

“不知道。你心好，怎么能不是基督徒呢？”

“怎样才算是基督徒呢，伊娃？”

“全身心热爱基督。”伊娃说。

“你爱基督吗？”

“我爱。”

“你从来没见过他呀。”圣·克莱亚说。

“那没关系。”伊娃说，“我信仰他，过两三天我就要去见他了。”她内心高兴，脸上透出光彩。

孩子的话使圣·克莱亚想起了他母亲的虔诚。

伊娃的病情急转直下，死已是不可争论的事实，谁也别抱幻想。奥菲利娅小姐对伊娃的护理，不仅是职业化的，而且尽心尽责，努力排除对伊娃病情不利的一切因素。

汤姆抱着瘦小的伊娃，去花园走走，或在室内转转，只有这样，她的情绪才能平静下来。

“爸爸，让汤姆抱我吧。”伊娃说，“可怜的汤姆多么想抱我呀，这是他此刻唯一能给我做的事。”

想为伊娃做点儿事的何止汤姆一个人。大家都各尽其力，为她效劳。

老玛米一直惦记着小伊娃，可就是没时间去看她。玛丽说她睡不好觉，仆人也休想休息。晚上要叫醒玛米十几次，不是替她捏脚，就是替她敷脑袋。不是光线亮啦，光线暗啦，就是声音大啦，找些事让玛米满屋跑。

而玛丽却说：“我身体本来就弱，而今家务事、照料孩子的事全压在我肩上，我不保重自己不行啊。”

“这是真的吗，玛丽？”圣·克莱亚说，“我还认为堂姐早把重担挑起来了呢。”

“你说这话真没良心。我做母亲的照顾孩子责无旁贷，怎么能让别人来替我？我能像你一样，把责任推得一干二净？”

圣·克莱亚只是淡淡一笑，他还说什么呢？要说的都说了。他希望小仙女愉快而平静地离去。

对伊娃的内心世界最了解的人，莫过于每天抱着她转悠的老汤姆。凡顾及父亲情绪而未讲的话，她都对汤姆讲了，包括死亡的征兆和预感，她全向汤姆讲了。

一天，伊娃的状态异乎寻常，就跟没病的好人一样，甚至克莱亚也以为“也许我们可以保住她”。但是，到了午夜，她的情况急剧恶化，奥菲利娅吩咐汤姆赶快去请医生，紧接着叫醒克莱亚到伊娃的房间里来。

圣·克莱亚望了一眼在睡梦中的女儿，姐弟二人面面相觑。在孩子幼小的心灵世界，脆弱的现实和永恒的未来之间的帷幕淡出，在精神本原中，永恒的生命开启。

医生来时，玛丽也跟着进来。

“怎么啦？”她忙问道。

“嘘，轻声点儿。”圣·克莱亚说，“她快不行了。”

玛米叫醒了全体仆人，大伙焦灼的目光从玻璃窗向室内张望着。

克莱亚弯下腰，在伊娃耳边低声唤道：“伊娃，乖乖。”

蓝眼睛睁开了，面带微笑，她想抬头，想说话。

“认得我吗，伊娃？”

“爸爸，”孩子喊道，伸出无力的手臂抱住父亲的脖子。过一会儿，手松开了，她的脸被死亡的苦痛扭曲着。

“上帝啊，这太可怕了！”圣·克莱亚抓着汤姆的手，“真是要我命呀。”

汤姆仰头望天，泪流满面，祈祷上苍。

“上帝啊，平息她的痛苦吧！”圣·克莱亚说，“我心如刀绞。”

这时，汤姆叫道：“赞美吧，你们看她。”

小姑娘的喘息停了，清澈的眼睛凝住了，尘世的烦恼解脱了，她脸上呈现出庄严的、神秘的光彩。人们屏息静气，默默地围上前去。

“伊娃。”圣·克莱亚轻声唤道。

她听不见了。

“啊，孩子，告诉我们，你看见了什么？”父亲说。

一丝荣耀的笑意掠过伊娃的面颊。她断断续续地说：“哦，爱——快乐——平安——！”一声叹息，她逾越了死亡线，走向永生。

永别了，亲爱的孩子！那辉煌的永恒的大门在你之后关闭了，人们再也见不到你甜蜜的笑脸。噢，看着你进天堂的人们，多么悲戚啊！当他们醒来见到的只能是日常生活中的冷冰冰的、灰暗的天空，而你一去不复返。

伊娃已去，留下人们对她永远的怀念。

父亲圣·克莱亚站在她临终的床前，抱着双臂思绪绵绵。

伊娃的房间仍如生前布置，只是多了一些以示哀伤的白色鲜花、白色桌布之类的东西。此时，萝莎正把白花放置在死者周围。

房门开了，进来的是托普茜，她眼睛哭肿了，围裙下面藏着什么东西。

“出去！”萝莎用断然的腔调说，“这里没你的事。”

“让我进来吧，让我放一朵鲜花在她身边吧。”

“滚开！”萝莎的语气更坚决。

“让她留在这儿，”圣·克莱亚把脚一跺，说，“她可以进来。”

萝莎让开，托普茜上前献了花，便放声号啕大哭，奥菲利娅怎么劝也不行。

“伊娃小姐，我跟你一块死了多好啊。”托普茜哀痛的哭声，感动了圣·克莱亚，在伊娃死后，他第一次流下眼泪。

“她说她爱我。”托普茜说，“现在，没人再爱我了，没有了。”

圣·克莱亚对着奥菲利娅小姐说：“她说的也是，你试着爱一爱她。”

奥菲利娅小姐一下把她扶起来，送她出门，她自己也禁不住伤心落泪。

玛丽在房间里哀叹自己的苦不为人所知，她躺在床上，哭得死去活来。她坚信，在这个世界上，她是最伤心的人。唯有汤姆随时跟着被冷落了的圣·克莱亚，看见主人那双呆滞的眼睛流出的泪水，汤姆感到它比玛丽的眼泪更悲戚。

为了摆脱湖滨别墅留下的悲哀，圣·克莱亚一家又回到新奥尔良。换了环境，圣·克莱亚的心情好多了，与朋友谈笑风生，议论时局，讨论生意，要不是他帽子上的黑纱，人们不会知道他家里的丧事。

玛丽对此颇有非议：“像他这种人，世上难找。从前我以为，他最爱的人莫过于伊娃，可是，人一走，茶就凉，对他的宝贝竟然闭口不言了。”

“俗话说得好，静水流得深啊。”奥菲利娅的话耐人寻味。

“我才不信有这样的事，”玛丽说，“重感情的人最不幸，我如果像克莱亚那样麻木，何苦感情受折磨？”

“太太，圣·克莱亚老爷已经瘦成皮包骨了。”玛米说，“我知道他忘不了伊娃小姐的。”

“可是，他对我一点儿不体贴。”玛丽说，“没对我说过一句安慰的话。”

奥菲利娅十分认真地说：“自己的痛苦自己最明白。”

“我也这样想，我的痛苦我才明白。伊娃了解，可是她死了。”说着说着，她又哭了。

玛丽是个怪癖女人，东西在手，不说好；东西掉了，号啕大哭说它是个宝。

汤姆对圣·克莱亚寸步不离，以一个仆人的忠厚关照着他。有一天，圣·克莱亚拉着汤姆的手，伤心地说：“汤姆，我的仆人，这世界好比是个空蛋壳。”

“老爷，你抬头看，朝我们的上帝看，向慈悲的上帝祷告吧。”汤姆深深地叹口气。

“仁爱、信仰是由人的感觉产生的梦呓般的变幻，有多少现实基础？没有伊娃，没有天堂，没有基督，万事皆空。”

“老爷，有的，我知道，是有的，请相信吧。”汤姆跪着央求道。

圣·克莱亚问：“汤姆，你说有，你看见过他？”

“我的灵魂知道他的存在。老爷，现在我就感觉到他的存在。

我被卖之初，痛不欲生，是上帝的声音‘汤姆，不要怕’使我的心平静下来。我献身上帝，听从他的安排，我相信上帝会帮助老爷的。”

“汤姆，你对我太好了。”圣·克莱亚说着握住汤姆那双坚硬的、忠实的、黑皮肤的手。

就上帝和信仰问题，两主仆讨论了很久。汤姆的虔诚与坚信，使圣·克莱亚非常感动，但是始终不能接受汤姆对信仰的说教。汤姆的信仰建立在无知和愚昧上，虔诚变成了痴妄，正如经书说“基督的爱不是凡人所能猜度的”。汤姆的话极富激情，但缺少的是说服力。在圣·克莱亚的思考中，耶稣基督可能是神，不是人，因为，他一千八百年前的故事，至今还打动人心，对好多好多人来说，他都是一股经久不衰的力量。尽管如此，克莱亚仍然不愿信仰基督。他对汤姆做的最明确的阐述是，如果做祷告时天上有人听，他愿意做。可是，做祷告时只是对着空间说话，他认为就没意义了。

面对主人的固执和倔强，汤姆无言地离开了房间。

·品读与欣赏·

伊娃终于没有逃脱死神，善良的她在病痛的折磨下离去了，但是在她内心里死亡是一种解脱，终于能去天堂，能见到万能的上帝了。伊娃的去世给了爱她的人以沉痛的打击，除了父母亲人，她平时照顾的黑人更是遭受了沉重的打击，如汤姆叔叔、萝莎和托普茜等人。确实，随着伊娃的离去，再也没有人能像伊娃对他们那样好，那样温情。汤姆一如既往地把悲痛寄托于宗教上，希望上帝能安抚自己受伤的心灵。

·学习与借鉴·

1.详略得当。文章的叙事安排得当就会使文章重点突出，如面对伊娃的病痛，家人的表现各有不同，作者选取不同的事例描写，详写汤姆和托普茜的悲痛之情，略写玛丽的淡漠，有详有略，有利于故事的发展和人物性格的刻画。

2.善用细节描写。善用细节描写，可以起到刻画人物性格，推动故事情节发展，突出文章中心的作用。如托普茜在被伊娃感动之后，全心全意对伊娃表示关心，从为伊娃摘花就能看出。

十三　雪上加霜

冷漠而枯燥乏味的现实生活的潮流，忽视人的感受，专横、冷酷地流淌而去。我们依旧要吃饭、喝水、睡觉、醒来，依旧得讨价还价、做买卖、回答问题。简言之，虽然趣味全无，但是失去生机的、枯燥、机械的生活依然继续着。

圣·克莱亚的一生是为了伊娃，伊娃成为他的行为中心。伊娃一去，他的生活一下变得索然无味，既无可想的，也无可做的。圣·克莱亚的性格、见识和本能，使他对宗教的理解，比那些太讲实际的基督徒更加深刻和清醒。但是，他从来不受任何宗教教义束缚，他天性敏慧，对基督徒应尽的义务，有种直觉的理解，因而一生不做受良心责备的事情。

人的本性是充满矛盾的，要不然，人们不能理解，今日的圣·克莱亚居然认真地读着伊娃留下的那本《圣经》。

回到新奥尔良，圣·克莱亚做的第一件事，是办理给汤姆自由的法律手续。在这茫茫人世间，唯有汤姆是能使他想起伊娃的人。他把他带在身边，彼此感情日笃，昔日情感深处的话，今日全盘对汤姆倾诉。

"汤姆，"圣·克莱亚说，"我要尽快让你成为自由人。"

"举手对天"，一句"上帝保佑"真真切切地表达了汤姆的喜悦之情。【神态描写】

汤姆听此言，兴高采烈，举手对天，喊了一声"上帝保佑"。言者无意，听者不悦，克莱亚以为汤姆急于离开他。

"汤姆，你这么高兴，是急于脱离苦海吗？"

"不是为了这个。我高兴，因为我要自由了。"

"汤姆，你觉得在这里不自由？"

"才不呢，克莱亚老爷。"汤姆声明说。

"我说，汤姆，只有自由，你不见得穿得这么漂亮，吃得这么好。"

"老爷待我好，我知道。但好衣服、好饭菜都是你的。我穿破衣，住破房，样样是我的。我愿如此，大概是人之常情吧？"

"也许吧。"圣·克莱亚说，"还有一个月，你就要走了，要离开我了。"

"老爷不痛快，我不会走。"汤姆说。

"我不痛快，你就不走？"圣·克莱亚问，"我的痛苦何时了？"

"老爷皈依基督教的时候。"汤姆答。

圣·克莱亚对汤姆说，他不会那么自私的。他皈依基督，什么时候，谁说得清？他告诉汤姆，他不会让他等到那一天的。但是汤姆坚信有那一天，并说上帝会给予他使命，因为他有钱，有学问，交友广泛，可以为上帝做许多事情。

伊娃死后，不仅圣·克莱亚在变化，连玛丽和奥菲利娅也在变化。玛丽变得更加飞扬跋扈，奶娘玛米真是受够了她的气；奥菲利娅变得更加慈祥温和，克服了她对托普茜的厌恶情绪，教育她更卖劲儿；托普茜变得努力向上，破罐子破摔的态度消失了。

有一天，萝莎看见托普茜正在往怀里揣什么东西，于是她认定托普茜又在偷窃。托普茜说她管不着，当萝莎动手抓时，急坏了的托普茜用脚踢她，争吵声惊动了奥菲利娅小姐和圣·克莱亚。

“她偷了东西。”萝莎说。

“不管是什么，拿出来我看。”奥菲利娅小姐明确地说。

在奥菲利娅小姐的催促下，托普茜拿出一个用袜子做的小口袋。

口袋里装的是：伊娃送她的小本子，上面留下了伊娃摘录的经文；一个纸包，包着伊娃的一绺金色头发。

一个伊娃的小本子和她的一绺头发，平平常常的物品却寄托着托普茜对伊娃的深切思念，纯真而朴实。【细节描写】

圣·克莱亚见物生情，内心波澜起伏。

“请你别拿走，那是伊娃小姐给我的。”托普茜央求道，她伤心地哭了。

圣·克莱亚微笑着说：“别哭了，都给你。”

回到客厅，圣·克莱亚对奥菲利娅小姐说：“你对她的教育会起作用的，她能变成好人。”

奥菲利娅小姐也说：“这孩子进步很大，我看有希望。不过，请回答我，将来她属于你还是属于我？”

奥菲利娅要把孩子收为自己的，她要从法律上得到确认托普茜属于她。圣·克莱亚对她的要求甚为不解。她直截了当地告诉他，这是为了使她有权力把她带到北方自由州去，让她成为一个自由人。她说，没有法律认定，她随时可能落入别人的手中。如果他一旦死亡或破产，她把她从奴隶制厄运中解放出来的努力就白费了。

圣·克莱亚犟不过奥菲利娅小姐，当即写下了一份法律文书，认定赠送托普茜的事实，可是，奥菲利娅小姐还要有证人，于是请出了玛丽。玛丽漫不经心地在文书上签了名，送走令她恶心的托普茜，是她求之不得的。

“现在她的肉体和灵魂都是你的了。”圣·克莱亚说。

“她不是我个人的财产，但是，我可以保护她了。”

平凡的一句话包含了不平凡的意义，在奥菲利娅看来，黑奴不再是个人财产，而是她可以去保护的亲人。【语言描写】

奥菲利娅小姐还向圣·克莱亚提及家中其他黑奴的解放问题，引起他的考虑。

黄昏时刻，圣·克莱亚看见汤姆在聚精会神地阅读《圣经》。他见汤姆念得非常吃力，便拿起书来念给汤姆听。经书最后审判一节，批评人们不关心别人的痛痒，就是不关爱上帝的故事，使克莱亚感触很深。他对汤姆说：“这些受到主的严厉斥责的人，跟我们并无两样。我们一生养尊处优，从不打听自己兄弟中有多少人饿了、渴了、病了或是在监牢里。”

喝午茶时，圣·克莱亚对奥菲利娅小姐说：“我从前认为，有的人进不了天堂，是他们犯了大罪的缘故。现在想来并非如此，罪在他们没有积极行善。”

在下午的很长时间里，姐弟二人讨论着基督文明和黑奴解放问题。圣·克莱亚的话一方面表现了他对一些人的虚伪基督文化的批判，另一方面却暴露出他本人对自己的慵懒与无所作为的矛盾和苦恼。前怕狼，后怕虎，优柔寡断，自是百事不成。

不过最牵系他心的，是奥菲利娅小姐那句“如果你死亡或破产”的话。他感到一种抑郁和迷惘，这话勾起了他对母亲、伊娃的怀念。

最后，他说上街走走，便出门了。

当夜月色皎皎，汤姆一人坐在走廊上，欣喜地想着他的光明未来。要自由了，要回家与老婆、孩子在一起了。他要勤奋干活，挣钱给他的家人赎身。又想到了圣·克莱亚，并为他祈祷，这已成了他的习惯。

白色的月光衬托着汤姆的欣喜之情，终于自由在望，能和妻儿团聚；但同时善良的他又放心不下克莱亚，矛盾的心情可见一斑。【心理描写】

忽然，急促的敲门声和门外喧哗声惊动了汤姆，打开门，几个人用木板抬了一个受伤的人进来。汤姆一看受伤的是克莱亚，不禁惊愕地叫出声来。

原来圣·克莱亚刚才在咖啡店阅读报纸，见两人斗殴，上前劝说，不料被其中一人用凶器刺伤。

玛丽见状又歇斯底里大发作，只有汤姆和奥菲利娅小姐镇静地为克莱亚处理伤口。

圣·克莱亚终于恢复知觉并睁开了眼睛，他环顾四周，目光落在母亲的画像上。

圣·克莱亚几乎不能说话了，但是他握着汤姆的手，隐隐可听见他发出的“汤姆，可怜的仆人”的话语。

“有什么事，老爷？”汤姆急忙问。

“我快不行了，替我祷告吧。”

汤姆竭尽全力为善良的主人祷告着。此刻，在天国世界里，白人和黑人的手平等地握在一起。

圣·克莱亚断断续续地低声吟唱出：

“噢，耶稣，我记得你，

即使在那可怕的岁月里，也不遗弃我；

为了寻找我，你筋疲力尽的脚奔走四方。”

事实上，圣·克莱亚已经神志恍惚。

“不，我终于回家了！”他费力地说。

圣·克莱亚心力衰竭，脸上呈现死亡的灰白色，随之又出现宁静的神情，就像疲倦的孩子睡着了。

> 濒临死亡的脸上却呈现出宁静的神色，克莱亚终于得到解脱，不用再为任何事情烦恼。【神态描写】

他这样躺着，人们看到大限之手抓住了他。在灵魂与肉体分离之时他突然睁开眼睛，眼中闪烁重逢的愉悦之光，他唤了一声“母亲”，便永远地走了。

正当壮年的圣·克莱亚死了，玛丽的歇斯底里症发作，仆人们个个人心惶惶。

玛丽的神经极脆弱，禁不起这可怕的打击，丈夫断气时，她昏厥了几次。他去得太快，连告别也来不及。

孤儿失去父母，还有亲友和法律保护，还能有所作为，还有公认的权利和地位。然而，奴隶失去了东家，便成了水上浮萍，听凭风吹雨打。他们知道他们将被卖掉，遇上坏东家的机会，十之八九；遇上好东家的机会，十之一二。所以，克莱亚死后，仆人哭得那么揪人心，就可以理解了。

把奴隶比作水上浮萍，显示了奴隶的地位之低下，命运之微薄。【比喻修辞】

奥菲利娅小姐特有的精力和自制力，使她自始至终守在她的堂弟的身旁。当可怜的汤姆为东家祷告时，她也一起祈祷着。在祷告中，汤姆感到心境平和，他那仁爱的天性领略到了上帝丰厚的爱。

安葬了圣·克莱亚，人们在思考：下一步怎么办？

玛丽在思考这个问题，奥菲利娅小姐在思考这个问题，奴隶们也在思考这个问题。好主人走了，坏主人留下，他们担心无情的她会对他们横加摧残。

一天，奥菲利娅小姐在房中做事，听见有人轻轻敲门，开门一看，是女仆萝莎。

萝莎“扑通”一声跪下，拉着奥菲利娅小姐的裙子说：“奥菲利娅小姐，我求你替我向玛丽小姐说句好话吧。她要送我去鞭笞站呀。”随即递上一张字条。

字条是玛丽写给鞭笞站的，她吩咐他们将来人责打十五皮鞭。

事情的缘由是玛丽脾气不好，萝莎帮助她试衣服，一不顺心，她就给了萝莎一记耳光。萝莎顶回一句，更不得了，玛丽立即写了字条要鞭笞站揍她十五鞭，要叫她不敢再这样目中无人。

奥菲利娅小姐手里捏着字条，思考着。

奥菲利娅小姐非常清楚，在南方，此为常见的一种惩罚女奴隶的习俗。它是通过对妇人或姑娘的鞭打，侮辱她的人格。打人者，是清一色的最下流的粗野男人。正直的、热爱自由的奥菲利娅不由得气愤至极。但考虑到玛丽的德性，她态度谨慎地对萝莎说：“孩子，坐下，我找你主人去。”

穿过客厅时，奥菲利娅小姐愤然自言道：“无耻！畜生！野蛮！”

三个骂人的词从向来忍耐力很强的奥菲利娅小姐嘴里说出，彰显了她的极端愤怒。【语言描写】

到了玛丽卧室，奥菲利娅小姐刚一提到萝莎，神经质的玛丽就尖叫一声：“萝莎，她怎么啦？”

“她对自己的过错非常后悔。”奥菲利娅小姐说。

“是吗？她后悔的日子还在后头呢。太放肆，太可恶，非制伏她不可，叫她抬不起头。”

“除了让她丢脸，没别的方法？”

“我就是要她丢脸，这是我的目的。以为自己长得标致，要小姐脾气。不行！我非叫她低头不可。”

奥菲利娅小姐劝说玛丽对萝莎从轻发落，别太过急，伤了女孩子的斯文，她会堕落得更快。对此，玛丽的答复是，她这种人配称斯文？堕落吧，让她知道，她跟那些穿得破烂的黑娼妇差不多。

“你如此狠心，上帝会给你报应的。”奥菲利娅气愤地说。

“狠心？狠在哪里？”

“你还不狠心？”奥菲利娅小姐说，“你这样待人，我看，有廉耻的姑娘觉得不如死了好。”

“除了你这样有人格的女子，那些黑女奴算什么东西？我的办法已定，谁不服从，我就送她去挨鞭子。”玛丽的眼睛环顾四周，吓坏了身旁的黑女子。

奥菲利娅的肚子都快气炸了，但是回头一想，跟这种人吵闹不值，于是闭着嘴，提起精神离开了。

过了几天，家奴阿道尔夫对汤姆说：“汤姆，我们都要被女主人拍卖出去了，你知道吗？”

“你听谁说的？”汤姆问道。

“太太跟律师研究的时候，我躲在帘子后面偷听到的。过不了几天啰。”

“也只有听天由命了！汤姆深深地叹口气。

其实，汤姆心事重重，对自由的向往，对妻儿的怀念等问题

本来唾手可得的自由又一次幻灭了，汤姆的心情可想而知。但是，祈祷上帝能带给他深深向往的自由吗？【心理描写】

又出现在他脑子里。面对一筹莫展的事，汤姆的习惯便是祷告，可是这次愈祷告愈难受。

他去找奥菲利娅小姐，她现在对他十分尊重，十分和气。他直截了当地请她为他说情，请她在太太跟前提及东家生前说过给他自由的事，并请太太将圣·克莱亚先生未办完的法律手续继续完成。他说："也许她愿意把它办完。"

奥菲利娅知道汤姆抱的幻想会成为泡影，但是，她仍然愿意再去试一试。

这一回，奥菲利娅总结前次教训，不可操之过急，只能见机行事。

进屋时，玛丽正在试一套新装，奥菲利娅顺水推舟，赞扬玛丽的审美能力。然后，玛丽说到要把家中奴隶和财产拍卖。奥菲利娅乘势提出，玛丽最好把圣·克莱亚解放汤姆的法律手续办完。

玛丽说："汤姆是最值钱的黑奴，我承担不了这个损失。要自由做啥，他现在还不舒服？"

"他确实需要自由，这也是他的东家答应了的。"奥菲利娅小姐说。

从玛丽的话可以看出，玛丽对黑奴命运的轻视，以及她性格的张扬跋扈与肤浅。【语言描写】

"他当然想自由啰。"玛丽说，"一群贪心的家伙，总想得到不属于他们的东西。我反对解放黑奴，在白人管束下，他们成了好人；有了自由，他们反会堕落为下贱人。给汤姆自由，并不是好事。”

“可是，玛丽，你卖了汤姆，说不定他可能碰上一个坏东家。”

“简直胡说八道。”玛丽说，“好仆人遇上坏东家，那是一百次才会发生一次的事。我这一辈子，还没有见到过对仆人不好的东家。”

玛丽的麻木不仁，气坏了奥菲利娅小姐，她按捺不住了，冲口说出：“给汤姆自由是你丈夫生前的意愿，小伊娃死时也有此心意。我看你不能任意忽视他们的遗愿吧？”

玛丽又生气了，她对奥菲利娅小姐说：“你太不体谅我了，故意勾起这些伤心事来折磨我。”

奥菲利娅小姐知道再争也无益，乘玛丽发作时，溜回了自己房间。

在无法向玛丽进言的情况下，奥菲利娅小姐退而求其次，为汤姆向肯特基的谢尔贝太太写信，把他目前的厄运告诉她，敦请他们迅速来营救汤姆。

第二天，汤姆、阿道尔夫和其他几个黑奴被移交给一家黑奴堆栈，等候拍卖。在人贩子眼中，他们是商品，不是人。老板准备货到齐时，便推向市场。

·品读与欣赏·

伊娃的去世给这个家庭带来了无尽的悲伤，克莱亚的去世更是雪上加霜，不但家庭面临危机，汤姆等黑奴也面临着再次被卖的危险。本章中，托普茜对伊娃的想念令人感动，同时她脱离奴隶身份，奥菲利娅小姐也把她当做亲人一般对待，托普茜的命运终于有了质的改变。但是幸运并没有降临到其他黑奴身上，由于玛丽的自私和无情，汤姆和一些黑奴又被移交到贩卖黑奴的市场，他们的命运将会如何，汤姆最终能回到家乡吗？让我们拭目以待。

·学习与借鉴·

1.巧设悬念。设置悬念，可以使故事情节避免平铺直叙，从而增强故事的生动性和曲折性，吸引读者。本章中，汤姆原先已经被克莱亚许诺成为自由身，但是由于克莱亚的去世，汤姆又面临被贩卖的命运。作者设置这个悬念，让我们对汤姆以后的命运感到揪心。

2.内心剖析深刻。作者通过作品中的人物直接透露自己的内心世界，从而直达人物内心的灵魂，比间接地内心刻画更加令人信服。如本章中克莱亚的心路历程彰显了这一点。

十四　黑暗之路

在那里，黑奴是商品，堆栈也不像监狱、牢狱那么肮脏可怕。在那个年代，人们练就了文明造孽的本领，以免吓坏了体面的男人和女人。黑奴上市，质高价高，所以，他们都被养得白白胖胖、肥头大耳、容光焕发。在堆栈里，你可以看到，一大堆别人的丈夫、妻子、兄弟、姐妹、父亲、母亲和儿女，零售、批发，任你选择。可以现金交易，若两相情愿，亦可以货易人。

堆栈老板叫斯克格思。汤姆等人被引进一间狭长的房间过夜，里头已有许多男人，有老有少，有高有矮，虽在苦中，但仍有说有笑。如前文所说，人没绝对的苦，亦没绝对的乐。

“啊哈，乐吧，伙计们。”堆栈老板斯克格思说，“我这儿的人就是这么快乐。”一个身躯高大的叫山宝的黑人，正在表演一些低级、滑稽的动作，人们的欢笑就是他引起来的。

汤姆离这个热闹之地远远的，坐在箱子上，头靠在墙上。

黑奴贩子煞费苦心要黑奴高兴，在欢乐中忘记痛苦，从而麻木不仁、不动脑筋和冷酷无情。凡思念亲人者，总会闷闷不乐，老板便把他们视为危险分子，于是对其严加管束。

老板斯克格思走后，山宝问汤姆：“你在这儿干啥？想家？”

“明天，我就要被卖了。”汤姆说。

“就要拍卖了，我还求之不得呢。”山宝说，转身用手搭着阿道尔夫的肩头，问，“你们明天也去？”

“别碰我！”阿道尔夫气势汹汹地说，藐视地站起身来。

“哈，一块黑白炭，还洒了香水呢。”山宝用鼻子嗅了嗅阿道尔夫。

“我说，走开，行不行？”阿道尔夫愤怒地说。

山宝还嬉皮笑脸地挖苦、挑衅、嘲笑阿道尔夫，阿道尔夫受此奚落，怒气冲天，向对方扑过去，又是骂来又是打。大伙不劝架，反倒乘机哄闹，老板闻声而至。

“怎么啦，伙计们，闹什么？”老板手里挥着鞭子进来。山宝是老板豢养的奴才，大家害怕得躲开了，唯有他嬉皮笑脸与老板闹着玩儿。他说：“老爷，不关我们的事，都是新来的找麻烦。”

老板听了，转过身去，不问青红皂白，举起鞭子朝汤姆和阿道尔夫胡乱抽打，还踢了几脚。

第二天，在一座漂亮辉煌的圆屋顶下，人声嚷嚷，这儿正在拍卖黑奴。口若悬河的拍卖师，热情地向黑奴身边的看客介绍这些黑色商品的优点。

汤姆和阿道尔夫，还有圣·克莱亚家的另外几个黑奴，颓丧地等待命运的支配。

一个阔少爷在检查阿道尔夫，另一个少爷告诉他："圣·克莱亚家的奴仆都被养娇了，你买这种黑鬼，肯定会弄得你倾家荡产。"

对方说："在我面前摆臭架子可不行，送他到鞭笞站一顿狠打，他就知道我不是他的东家圣·克莱亚。好了，你等着瞧吧，我买了他。"

汤姆在人群中搜寻着，看能否遇上一个好东家。汤姆看见各式各样的人，胖的、瘦的、矮的、高的，一大批庸俗的人。他们买卖自己的同类，毫不介意，就像买卖牲口。

一个弹形脑袋、矮小精干的汉子，出现在汤姆跟前，抓起他的下巴，扳开他的嘴查看牙齿，叫他卷起衣袖，摸摸他的肌肉。汤姆心里真烦这个家伙。

"你是何处长大的？"矮个子问。

"肯特基，老爷。"汤姆回答，眼睛张望着，好像在找救星。

"你会干啥？"

"替东家经营庄园。"汤姆说。

经过一番拍卖竞价，汤姆落到矮个子手中。他恶狠狠地吩咐汤姆："站到一边去，听见了吗？"

这个矮个子男人，又买了一个混血女奴，才连同汤姆一起，走出拍卖厅。

坐在红河上的一艘轮船里，汤姆的心情比脚上的镣铐还沉重。一切都过去了，就像两岸的堤坝和树木一样。肯特基的东家和自己的妻子、儿女；伊娃的金发小脑袋，还有愉快、高傲、英俊的圣·克莱亚，一切都消逝得无影无踪，留下的是空白。

黑奴的命运要看主人的好歹。好主人让黑奴由粗野变斯文；坏主人将斯文黑奴变成粗野的仆人，重陷暗无天日的困境。

黑奴老板西蒙·莱格瑞，把他买的八个男女奴隶，两个一铐地送上开往红河上游的“海盗号”轮船上。汤姆在圣·克莱亚家的穿戴是上等的——呢子衣服、笔挺的衬衫和铮亮的皮鞋，这却引起了新老板的注意。

莱格瑞走到汤姆跟前，用命令的口气说：

“站起来。”

汤姆站起来。

“把衬衣领子取下来！”当年用的衬衣领子，今天演化为领带。汤姆被铐着，动作不方便，莱格瑞一把从他脖子上扯下了衣领，揣在自己的衣包里。

莱格瑞又从汤姆的箱子里，取出他往日穿过的干活用的破裤子和上衣，命令汤姆：

“到那边去换上这套衣服。”

汤姆按老板的规定做了。

“把皮鞋脱下来，”老板又说，“换上这双粗鞋。”

汤姆多了个心眼儿，换衣服时，把《圣经》藏了起来。果不其然，莱格瑞先生在汤姆脱下的衣服里，搜出一块绸手绢，塞进了自己的口袋里。

老板又翻出一本赞美诗集，看了一看说：

“很虔诚嘛，啊，你是教徒？”

“是的，老爷。”汤姆果断地回答。

“好，过不了多久，我要叫你不信教。记住，黑炭，我的庄园不允许祷告，不允许唱赞美诗。现在，我就是你的上帝。”他恶狠狠地瞪了汤姆一眼。

汤姆内心回答道：“不！”此刻，仿佛一个朦胧的声音在他耳边念着《圣经》：“你不要害怕，因为我救赎了你，我曾以我的名义召唤你，你是属于我的。”

这声音，西蒙·莱格瑞是永远听不到的。

西蒙·莱格瑞把汤姆的皮箱提到水手舱，水手们在“冒牌绅士”的嘲笑声中，买光了汤姆的衣物。

西蒙回到汤姆身边，恬不知羞地说：“嘿，汤姆，我把你多余的衣服处理了。你得留心你身上穿的，我要一年才给你们发一套。”

然后，他走到与汤姆同时被买来的女黑奴埃米琳身边。

“喂，宝贝，提起神来。”他捏着她的下巴说。

姑娘眼里闪着恐惧、厌恶、惊慌的神情。莱格瑞看出了一点儿什么，皱了皱眉头，说：“不要装模作样，小娼妇！跟我说话，脸上要带笑，知道不？”

他回头对全体黑奴训话，高举起像铁铸的拳头：“都看着我，看见这拳头了吗？掂掂它的分量。我的拳头跟铁一样硬，是揍黑奴练出来的。我打一拳，没有不倒的。你们要在我手下过太平日子，只有规矩、听话才行。”

在酒吧，莱格瑞对一直站在旁边的年轻绅士说：“我的见面礼，就是先给他们下马威，断了他们的指望。”

“噢。”那年轻绅士端详着莱格瑞，好像在观察动物骨骼。

“我不是温和的庄园主，我靠拳头。你摸摸，硬吧，跟石头一样的拳头。”

年轻绅士摸了摸那家伙，嘲弄说：“很硬很硬。你的心练得也这么硬了吧？”

“可以说是，”西蒙得意地说，“我心狠得下来。没人能捣鬼把我骗了。”

“你这批货好。”

“优等产品。”西蒙说：“那个汤姆，货真价实。唉，那黄脸婆，买亏了，用不了两三年。”

“一个奴隶一般能干多少年？”年轻绅士问。

“没准儿，要看个人的体质。凭经验，我告诉你，不管他们体质如何，让他们一个劲儿地干活，死一个买一个，既方便又合算。”

年轻绅士回到另一位绅士身边，这位一直在听他们谈话的绅士对来者说：“你别把他当成南方真正的庄园主。”

“但愿不是。”年轻绅士用沉重的语调说。

“那家伙是个卑鄙无耻、下流无比的恶棍。”对方说。

“我说，问题在于你们的法律允许蓄养奴隶，黑奴命就苦了。这个家伙确实太野蛮。”

“我知道，庄园主里面，也有厚道的好人。”对方说。

“我不反对此说法。”年轻绅士说，“不过，照我看来，奴隶制之存在，祸在好心的庄园主。他们的管理，表明奴隶制度的可行性。”他指着那边的莱格瑞说，“正是你们的威望和善心，包庇、纵容了他们这帮人的残暴。”

“你对我评价太高。”对方说，“我请你放低声音，这船上，许多人不能宽容你的见解。等到了我的庄园，你可以不慌不忙地对我们大批判一通。”

激动得脸红的年轻人，听此话，不由得微微一笑。

此时此刻，女黑奴埃米琳和另外一个被莱格瑞称做黄脸婆的女人，也在底层甲板，互相倾诉悲凉的身世。

载满忧愁的轮船，逆浑浊的红河水而上。缺乏生气的河道两岸景色，从人们眼前缓缓而过。

轮船在一个小城泊岸，莱格瑞带上他的黑奴下了船。

莱格瑞坐在一辆笨重的马车上，里面装着他的黑奴，朝庄园驶去。

一路上，荒凉、偏僻的景色，更增添了黑奴的内心凄凉。马车愈是朝前进一程，黑奴们就愈感到离人类生活远了一步。

西蒙愉快地赶着车，不时取出身边的酒瓶，呷一口。

“你们干吗愁眉苦脸的？”他对车上的黑奴说，“唱一曲吧，伙计们。”

奴隶们你看我，我看你。莱格瑞高叫一声“来一个”，汤姆带头唱起一首赞美诗：

“耶路撒冷，我幸福的家，

你的名字对我亲切有加；

我的苦痛何时结束？

你的欢娱，我哪天才能享有？”

“闭上你的嘴，贱种。”莱格瑞号叫道，“谁听你那教会的玩意儿，唱点儿来劲儿的。”

一个黑人唱起一支无聊的黑人流行歌曲：

“老爷看见我捕捉一只狡猾的熊，

嘿，儿郎们，嘿！

他把肚子笑破——你看见月亮了吗？

呵！呵！呵！儿郎们，呵！

呵！哟！嘻——咦！哦！”

即兴编词，顺口溜，无所谓意义，曲终，众人帮腔。

大家强作高兴，然而，帮腔时，黑奴们将激愤的情绪发泄在其间，找到了向上帝祷告的语言。

十分得意的莱格瑞回头对埃米琳说：“我的小宝贝，快到家啦。”

埃米琳看见他就恶心，这时他摸她，她恨不得一死了之。这家伙对她不安好心，他告诉埃米琳，只要她听话，会得到金耳环，过太太一样的舒服生活。

这时已看得见庄园的篱笆了，不久，马车进了大院。看得出，这个庄园曾经辉煌过，不过，自从卖给莱格瑞后，疏于管理，它已残破不堪。房子是宽敞的，而且建造有回廊，现在已是一片荒凉，门窗破损，唯有两棵大树，刚健挺拔，枝叶繁茂，象征品德高尚、有信仰的人们身处逆境，还精神旺盛，意志坚强。

车轮声使三条看家狗猛冲出来，差点儿咬着新来的奴隶。

莱格瑞得意地抚摸着狗，对汤姆他们说："这狗是专门用来追捕逃跑黑奴的，你们得小心点儿，别做了它的晚餐。"

庄园里有两个黑人监工，一个是山宝，另一个叫昆宝。他们像莱格瑞豢养的狗，他把他们培养得心狠手毒。黑人的本性并非如此，是白人扭曲和摧残了他们的心灵。

莱格瑞像专制君主一样，对庄园采用分权治理法。山宝仇恨昆宝；黑奴仇恨他们两人。莱格瑞从中离间，使三方互相倾轧，而从中渔利。他与两个帮凶之间，维系着一种庸俗的关系，二者中谁冒犯了他，他一点头，另一个便会替他报复。

莱格瑞给山宝一份见面礼："山宝，我给你一个老婆。"他把一个女黑奴推到山宝身边，哪怕女人哭着说，她在老家有丈夫，也没有用。

莱格瑞把埃米琳拉进一间房间。好像里面另有一个女人说了什么，只听莱格瑞粗暴地说了一句："闭嘴，我喜欢怎样就怎样，你管得着吗？"

汤姆被山宝带到庄园那一头像村落的地方，进了一间破烂的住房（事实上没有一间好房子），这使汤姆很沮丧，不是因为它的简陋，而是那里连一块干净的放《圣经》的地方也没有。

正逢农忙季节，劳动着的黑奴疲惫不堪。汤姆想从中找到一张友善面孔，然而他看见的不是愠怒的男人，就是沮丧的女人，彼此间都不会有好脸色。

“给你，黑炭！这是一礼拜的口粮。”山宝对汤姆说。

疲惫不堪的黑奴们在抢夺磨盘磨玉米做晚饭。磨子少，要磨的人多，于是互相推搡着，力气大的撵走了体弱的。汤姆最后得到了磨子。磨完玉米，汤姆看见有两个黑奴妇女精疲力竭地推着磨，便动了恻隐之心，过去帮了她们一把。作为回报，这两个妇女替他烙饼。

汤姆从口袋里取出一本《圣经》，想从阅读中寻求慰藉。

这两个妇女不了解宗教，也不相信上帝之说，但是有兴趣听汤姆念一段。

汤姆念道：“凡劳苦担重担的人，可以到我这里来，我使你们得安息。”

两个女人说，她们一辈子别想得安息，半夜才吃晚饭，躺上床，刚闭上眼，天又亮了，号声响起，又出门干活。

“上帝就在我们身边，他无处不在。”汤姆说。

淳朴的汤姆不知道，在暴政面前，信仰要遭到怀疑和毁灭。即使是虔诚的基督徒，当发现自己落在歹人手中，已被上帝抛弃之后，他们的信仰会不会受到考验？对那些无知无识的黑奴，要他们接受信仰的考验更加困难。在险恶的环境中，要人们信仰和忠于基督教，“信有上帝，且信他赏赐那寻找他的人”，谈何容易！

闷闷不乐的汤姆站起来。外面寒气袭人，室内又睡满了人，汤姆只好裹着毯子，倒在稻草上睡着了。在睡梦中，汤姆仿佛听见小伊娃在他耳边朗读着经文：

“你从水中走过，我必与你同在；你蹚过江河，水必不漫过你；你从火中行过，必不被烧。因为我是耶和华你的上帝，是以色列的圣者你的救主。”

伊娃的声音像仙乐，愈来愈轻渺；她像云中天使，飘然而去。

伊娃生前悲怜受苦的人，谁说她升天之后，上帝不再派她来继续完成这个使命呢？

这是美丽的信念。

“死者的灵魂，

长着天使的翅膀，

永远在我们头上飞翔。”

·品读与欣赏·

汤姆最终没有逃脱悲惨的命运，被卖给一个对待黑奴残暴的奴隶主，并且还有狐假虎威的黑人监工，汤姆在面临被卖，衣服被抢，终日干活，甚至连温饱问题都解决不了的重重危机前，还是把宗教信仰当成心灵的慰藉。不过，在那种状况下，也只有宗教能安慰汤姆叔叔了，宗教才能使汤姆有着无限的精神动力，能在艰难的日子里支撑汤姆活下去。本章还塑造了山宝和昆宝两个黑人监工，他们同样是黑人，但是主人稍微给了一点权力，就开始摧残同类，人性恶的一面被作者表现得淋漓尽致。

· 学习与借鉴 ·

1.象征手法的运用。象征就是根据事物之间的某种联系，借助某人某物的具体形象（象征体），以表现某种抽象的概念、思想和情感。如文中：唯有两棵大树，刚健挺拔，枝叶繁茂，象征品德高尚、有信仰的人们，身处逆境，还精神旺盛，意志坚强。就是运用象征手法。

2.借代修辞手法的运用。不直接说出要说的事物，而借用与它有密切关系的事物来代替，或用事物的局部代替整体，就是借代。如文中山宝称呼阿道尔夫为“黑白炭”。

十五　忍　受

汤姆勤奋干活，除了他天性温顺，还有就是想借此弱化环境造成的内心压力。在兢兢业业中，他把自己交给上帝，盼望将来能找到一条生路。

汤姆的才干，莱格瑞看在眼里，记在心头，但是，他并不真正喜欢他。坏人天生反感好人。汤姆的同情心和恻隐之心，是莱格瑞的心病。每次他鞭打黑奴，汤姆就默默地注视着，这对莱格瑞是压力和威胁。莱格瑞有意把汤姆培养为监工，但就嫌他心肠不狠。回头一想，既买了，就要物尽其用，于是，莱格瑞决心在几个礼拜之后，对汤姆严格训练。

一天早晨下地时，一个陌生女人的相貌引起汤姆的注意。她年龄在三四十岁，眉清目秀，端庄典雅，她那种高傲的气质，目空一切的派头，招来在场黑奴的仰慕与嫉恨。

端庄、典雅和高傲在一个三四十岁的黑人妇女身上体现出来，怪不得遭人仰慕和嫉恨。【外貌、神态描写】

一个黑奴说："到头来还是落得这地步，我高兴。"

另一个黑奴说：“嘻嘻，你也尝到了这滋味，我的小妞。”

又一个说：“瞧她干活那模样！”

还有一个说：“看她晚上跟我们一样挨鞭子。”

最后有人幸灾乐祸地说：“看她趴在地上挨皮鞭，那才够味道啊！”

那女人对这些风凉话毫不介意，依旧走她的路。汤姆凭他在文雅人中生活过的直觉，认定她非一般女子。不过，对她从何处来以及何以落到如此境地，汤姆概无所知。那女子既不看他一眼，也不跟他说话，一路上，她一直走在他身边。

下地摘棉花，那女人离汤姆不远。她心灵手巧，摘得又快又干净。抬头时，还是那目空一切的神情，仿佛对眼前的屈辱并不在乎。

女人尽管做着农活，但是没有抱怨，没有怠工，而是以高傲的态度又快又好地完成自己的任务，与众不同。【动作描写】

有一段时间，汤姆和那个与他同船买来的混血女奴露丝在一起干活。她强忍痛苦，身体摇摇晃晃，几乎晕倒。汤姆听见她在暗暗祷告，就悄悄走到她身边，将自己的棉花塞进她的口袋里。

“不行，不行，”女人惊讶地说，“你会惹麻烦的。”

天下事真巧，山宝过来，见状，一鞭子抽在她的脸上，骂道：“你敢捣蛋？”说着又踢了她一脚，接着又给了汤姆一鞭子。

汤姆继续干活，那女人昏倒了。山宝在女人头上扎了一针，她苏醒过来。

“干活。”山宝说，“不然，晚上有你苦头吃。”

那女人反抗道：“我恨不得马上死了才好。”

山宝走后，汤姆又靠近那可怜的女人，不顾死活，再把棉花往她袋里装。

那女人说：“别这么做，他们会狠狠对付你的。”

汤姆说：“我受得了，你受不了呀。”说罢，再跑回自己的位置。

那漂亮的、目空一切的女人就在他们旁边，她在摘棉花，听见了汤姆的最后两句话。她抬头用乌黑发亮的眼睛瞅了汤姆一阵子，再把自己的棉花抓一把放进汤姆的篮子里。

“瞅”是对汤姆的审视和感动，“抓”是对汤姆行为的无言支持，女人的善良行为和她的傲慢神情形成强烈的对比。【动作描写】

“你一点儿也不了解这地方，”她对汤姆说，“要不然，你不会这么做。”

“上帝保佑，太太。”汤姆不自觉地对她予以尊称。

“上帝的贵足，从不踏此贱地。”她悻悻然说，继续摘她的棉花，嘴角泛起傲慢的微笑。

那女人的动作已被工头发现，他跑过来，举起鞭子威胁她说：“你也捣鬼？小心，你在我的管辖下，我会揍你的。”

她直起腰来，黑眼睛死盯着工头，一股怒火在她胸口燃烧。

“狗杂种！”她骂道，“你碰碰我看？我只要一句话，就可以叫狗把你咬死，或者用火活活烧死你。”

那工头嘴硬：“别忘了你是咋到这儿来的。”而他的脚倒退了几步，改变口气说，“卡茜小姐，我是说着玩儿的。”

“那就离我远点儿。”她说。那工头拔腿便跑了。

卡茜小姐干活的手真麻利，好像有魔力支撑似的，还不到下班时间，她的棉花已摘了满满一篮子。好几次，她大把大把地将棉花塞进汤姆篮子里。

下班时，疲乏到极点的奴隶们头顶篮子，走向过秤处。莱格瑞和两个工头在说话。

“老板，当心汤姆这个家伙，他直往露丝篮里塞棉花。说不定哪天煽动奴仆造反，你还没准备。”山宝说。

“好个黑蛋，”莱格瑞骂道，“治治他，怎么样，伙计们？”

两个狼狈为奸者，连说“对，对”，然后咧着嘴笑。其实，莱格瑞说治治汤姆，与这两个东西的理解完全不一样。

“最好的办法是教他揍人，让他学会心狠手毒。”

“还有露丝，这个女人真是讨厌，可恶极了。”山宝又说。

“好好揍她一顿就见效了。”莱格瑞说，“不过，目前活儿太忙，她脾气又倔强，弄不好适得其反。”

“现在又添了汤姆为她撑腰。”

“那好，就叫汤姆来揍她，这对他是个锻炼的好机会。他不会像你们两个鬼东西，只晓得在女人面前摆架子。”

“老爷，卡茜和汤姆串通一气，把他们的棉花装在露丝的篮子里。”

“我亲自过秤，”莱格瑞说，“她是魔鬼附身了。”

萎靡不振的奴隶鱼贯进入过秤房间。

莱格瑞把每个人的姓名、数量，记在一块石板上。

汤姆合格。他在一旁担心地看着露丝。

露丝极度虚弱，费力地递上篮子。莱格瑞一看，知道够秤，可是，故作生气地说："你这个懒鬼，又不够分量。站到一边，等一会儿再说。"

露丝哀叹一声，坐在一块木板上。

此时，山宝称呼的卡茜小姐走来，傲慢地递上篮子。莱格瑞以讥笑的目光看着她，卡茜对老板莱格瑞叽里呱啦讲了几句法语，他一下变得面目狰狞，抬手要打她，她毫不畏惧，转身走开去。

从"讥笑"到"面目狰狞"再到"抬手要打"，几个动作表现了莱格瑞的阴险毒辣，但是卡茜却不畏强权，勇敢抵抗。【动作、神态描写】

"汤姆，我买你，是想提拔你做监工，今儿晚上，你就开始操练吧。好了，拿起鞭子，给我揍这个女人。"莱格瑞指着露丝说。

汤姆拒绝莱格瑞的吩咐，表明自己不能干这样的事："我只愿意一天到晚地干活，干到老，干到死，死了也不怨谁。"

汤姆话音刚落，皮鞭就打在了他脸上。木板上坐着的女人，惊呼一声："啊，上帝！"

"我觉得打人是不对的，老爷，我绝对不干。"汤姆继续说。

莱格瑞以为汤姆是个害怕鞭子的软骨头，谁知他今天顶撞的劲头使在场的人都倒抽一口冷气。

莱格瑞暴跳如雷："你这个该死的畜生，叫你干你敢不干，还说我不对，敢教训我来了？”

“老爷，她身体虚弱，要打她，实在不对头。我情愿死，也不会为你动手打这个女人。”

汤姆的话很坚决，无回旋余地。莱格瑞气得浑身发抖，一双眼睛穷凶极恶，好像要吃掉汤姆：“你以为你是什么东西？圣人？呸，你假虔诚。你没听《圣经》说的‘仆人要听命于他的主子’这句话？我花钱买你，你的肉体和灵魂都是我的。”他说着又猛踢汤姆一脚。

宗教的巨大精神力量支撑着汤姆，使汤姆面对肉体的残害时仍然不屈服。【神态描写】

在痛苦中，在暴力下，一种承受苦难的信念，使汤姆心中充满胜利的喜悦。他挺胸昂头，眼泪和鲜血交织在一起，他望着上天，大声说道：

“不！老爷，我的灵魂不是你的。我的灵魂归上帝，你伤害不了我。”

莱格瑞累了，吩咐山宝和昆宝这两个豺狼和走狗，狠狠收拾汤姆，叫他一个月内休想走动得了。

和上面的豺狼、走狗一样，作者把两个黑人监工比作老鹰，体现了作家对他们的厌恶之情。【比喻修辞】

两个恶魔似的家伙，毫无伤害同类的内疚，像老鹰抓小鸡似的把汤姆拖了出去。

露丝吓得一声惊叫，众人一下站了起来。

深更半夜，血人似的汤姆躺在一间破屋里呻吟。无数的蚊虫叮咬他的伤口，其痒难熬。他口舌焦渴，如火烧灼。

“慈悲的上帝啊，求你助我得胜，战胜一切磨难吧。”汤姆祷告着。

门开了，有人提着马灯进来，亮光晃着他的眼睛。

“谁呀？”汤姆问，“行个好，给我点儿水喝吧。”

来人是卡茜。她放下马灯，从水壶里倒了一杯水，抬起汤姆的头，让他把水喝下。汤姆一连喝了几杯。

“喝吧，喝个够。”她说，“我知道这种滋味。你不是我第一个半夜送水的人。”

“谢谢，太太。”汤姆喝足了后说。

“我不是太太，和你一样是奴隶。”她伤心地说。然后从门外拖了一床小草席进来，再铺上用凉水浸过的麻袋，说：“苦命的朋友，睡到这上面来吧。”

遍体鳞伤的汤姆，费了好大的劲儿，才算翻上了麻袋。一贴上那冰凉的席子，汤姆顿时觉得好多了。

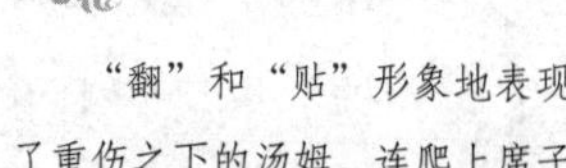

“翻”和“贴”形象地表现了重伤之下的汤姆，连爬上席子的力气都没有了。【用词准确】

卡茜长期救护挨了打的奴仆，有了治疗经验，她给汤姆洗伤、敷药，使他身上的痛苦减了一半。

她坐在地上，双腿交叉，鬈曲头发下的漂亮脸蛋堆着苦涩。

过了好一阵，她首先开口说话：“你这样做，没用。你有勇气，有道理，但是，你斗不过他们。你落在魔鬼的魔爪中，只有屈服。”

汤姆打了个寒噤，想不到这样一位与侮辱苦苦搏斗的女人，也吐出了这样的话语。

“上帝啊，我怎么能屈服？”汤姆呻吟道。

“喊上帝有什么用？他永远也听不见。”卡西肯定地说，“哪儿有上帝？即使有，他也和我们的敌人站在一起。”

汤姆很难听得进这女人目无神明的劝说。

卡西继续说着，意在让汤姆识时务：“我在这儿已经有五年的经历，精神和肉体受尽他的折磨，对他恨之入骨。你不知道，除了沼泽，这方圆几十里没有人烟，谁来救你？在这无法无天的地方，他就是独裁暴君，无恶不作，要你死你就得死。反抗是没用的。难道我愿意与他同居吗？难道我不是一个受过高尚教育的人吗？想不到他近日又有新欢而把我扔了。”

说完，卡西放声狂笑。

汤姆大声喊道：“上帝，救救我吧，我快毁灭了。”

卡西的话越说越冷酷：“那些下贱的可怜虫，值得你为他们受罪吗？他们早已麻木不仁，彼此凶残相待。”

汤姆说：“我屈服，也会同他们一样。我失去了许多，妻子、儿女和善良的老东家，但我不能丢弃天国。我不能造孽啊。”

卡西以惊诧的眼神瞅着汤姆。

“太太，劳烦你，请把我衣服里的《圣经》取出来。”

她将一本陈旧的《圣经》递给他，他翻开画有粗线的段落，请太太念出来。

这是一段讲述耶稣受难的故事。卡西的声音十分动人，在念读中时有停顿，她在极力抑制自己的感情，当念到基督“父啊！赦免他们，因为他们所做的，他们不晓得”的宽容罪人的话语时，她激动得丢下《圣经》，把脸埋在手中痛哭起来。

从“抑制自己的感情”到“痛哭”，卡茜的感情也终于释放出来，平时遭遇的痛苦折磨也一并释放出来。【动作描写】

汤姆也在哭泣和流泪。

“太太，”汤姆说，“你刚才说，上帝站在我们的敌人那边。不对，你看他自己的儿子耶稣，不也终生贫穷，历经磨难吗？上帝没有忘记我们。经书说，若能忍耐，必和主同在。”

汤姆向卡茜讲了耶稣和他的门徒受苦的事迹，以使她的信仰坚定不移。

“为什么把我们放在这里，逼迫我们作孽呢？”卡茜问道。

“我们可以不造孽呀。”汤姆说。

卡茜告诉汤姆，这帮毫无人性的家伙，会千方百计折磨得让他屈服为止的。

无法抗拒的汤姆喊道：“救主耶稣啊，保护我的灵魂，不要让它屈服吧。”

“你这种呼喊声我听得够多了。他们最终还是被压垮了，屈服了。我看，今天只有埃米琳和你在坚持。没用，不屈服就得死。”

“人生终归一死，我拿定主意，宁死不屈服。上帝会搭救我的。”

“宁死不屈服”是汤姆对自己命运的阐释。【语言描写】

在而后的交谈中，汤姆了解到卡茜

的身世：她的父亲是个庄园主，母亲是个奴隶。在父亲的关爱下，她受过良好教育。父亲死后，女主人把她卖给一个年轻男子。他们二人在家里见面时，那是一幕爱情剧的开端。她看中了他的帅气，他看中了她的美丽。他对她之好无以复加，但就是不同她结婚，很明显，是黑与白的鸿沟。在以后的日子里，她与他风雨同舟，他在重病中，多亏她的精心护理，他康复了，他承认是她使他“起死回生”。他们有一男一女两个孩子。

后来，他的表兄来了，不知道为什么，她感到他的到来是个凶兆。果不其然，表兄把他带进赌场，不久，家财荡尽，他把她和孩子卖给表兄。想不到，这位表兄对孩子特别严酷，要是孩子们不听他的话，就被送到鞭笞站挨揍。她求他不得，一气之下，举刀向他砍去，她也昏了过去。

待她醒来时，发现自己躺在一间漂亮的房间里。这是一个职业黑奴贩子的家，等她身体复原后，贩子就成天逼她打扮修饰自己，乔装笑脸，目的是要卖个好价钱。她的两个儿女早被卖了。

一个叫斯图尔特的绅士买了她。他是船长，有自己的庄园。一年后，他们有了一个儿子，很可爱。不过，出于对孩子不幸未来的忧虑，她用鸦片水把孩子毒死了。不久，丈夫死于霍乱病。对毒死孩子，她至今不悔，用她的话说，是使他脱离苦海。

一个母亲杀害自己的孩子是多么令人不可理解的事情，但是卡茜杀死孩子却是为了孩子不再遭受自己的苦，侧面表达出黑奴的可悲命运，让人心酸。【侧面描写】

她经多次转手买卖，最后落到坏蛋

莱格瑞手里。

卡茜讲述自己的身世时，因激动几乎是在狂叫着。汤姆听得出神，连身上的痛也忘了。

卡茜对汤姆说："我在修道院读书时，修女说过最后审判日。是的，到那一天，我要站在上帝面前作证，控诉那些在肉体和灵魂上摧残我和我儿女的人。"

汤姆听出她的话有一股不可抗拒的力量，当她表述最后通告的时候尤其如此："早晚有一天，我要干他一场。我一定要送他回老家，而且要抄近路走。"

接着，一阵狂野的笑声，回荡在这间小屋子里。

半晌，待情绪平静后，她问汤姆："苦命的朋友，还来点儿水吗？"

此时她的温柔和刚才的激愤形成强烈反差。

汤姆喝水后，恳切地看着她的脸说：

"太太，我真的应该去找他，让他赐你生命本原。"

"寻找他？他是谁？在哪儿？"卡茜不解地问。

"刚才你说的上帝啊。"

卡茜说："这里没有上帝，只有罪恶和绝望。"

汤姆还想说点儿什么，她断然摆手制止。

把汤姆安顿好，她走了。

·品读与欣赏·

如同本章的小标题一样，“忍受”一词诠释了汤姆的人生信条，面对被主人贩卖离开妻儿，面对忘年交伊娃去世，面对再次贩卖落到残忍的主人手里，他最终都是选择“忍耐”。这次他面对蓄意毒打，遍体鳞伤，还是选择了忍耐。“忍耐”可以说贯穿了汤姆的命运，是造成他不幸的原因，但是笃信基督的他，除了“忍耐”别无选择。同时，他还坚持不懈地向身边每个人宣传他的宗教信仰，卡茜就是其中一个。这个身世悲惨的坚强女人，遭受着一般女人难以想象的困难，依旧选择活着，甚至还不忘帮助别人。她的泼辣、她的坚强和她的隐忍都让人动容。

·学习与借鉴·

1.用词准确。用词准确是文章的最大特点，好的而又准确的词语可以为文章增添形象性和生动性。比如本章中汤姆生病之后，一个“翻”和“贴”，简单两个字就生动表现了汤姆身体之虚弱。

2.运用神态描写。神态描写专指脸部表情，描写时要用表示表情、神态的词语。文章中大量使用神态描写，如卡茜目空一切的神情，莱格瑞狰狞的神情，这些都很好地体现了人物的性格。

十六　汤姆的博爱

莱格瑞家的客厅里弥漫着潮湿味，墙壁上留着葡萄酒的斑痕，墙纸剥落，马具到处凌乱地堆放着，几只狗待在其间，空气龌龊。天气虽然还不冷，火炉已经烧着了，与其说是烤火，不如说是莱格瑞用来点火吸烟。

莱格瑞在给自己搅拌混合酒，嘴里嘟哝着。他怪山宝不该在他和汤姆之间酿出纠纷，农忙正缺人，汤姆挨了揍，啥事也干不成。

卡茜进来了，他一见，话就出来了："回来啦，你这个臭婆娘。"

她答道："回来了，想回来就回来。"

"胡说，贱货！我说了算。不听话，回到村子里去，同他们在一起住，一起干活。"

卡茜毫不示弱："我巴不得。住最肮脏的房子，也比在你脚下过日子好。"

"不管咋说，你还在我的脚下啊！这就叫我痛快。"说罢，他转过身子，拉住她的手说，"得啦，坐在我膝盖上来，宝贝。"

"西蒙，你怕我。"说话时，她眼里有一股火，令人害怕，"当心点儿，魔鬼附在我身上。”

“滚出去，魔鬼！”也许觉得有什么不妥，莱格瑞又平和地说道，“好卡茜，我们为什么不可以像从前那样好呢？”

满腔怨恨涌上心头，此时她气急了，欲言又忍。

卡茜向来就有那么一股强悍的威慑力，使恶汉莱格瑞害怕。自从埃米琳来了之后，她泯灭了的慈悲心死灰复燃，公开袒护埃米琳，气坏了的莱格瑞，发誓要把她打下去干农活，这就是前文讲述的她摘棉花的缘由。

莱格瑞对汤姆的虐待，使卡茜更是愤怒不已。她跟随莱格瑞到屋里来，是为了斥责他的不仁。

“卡茜，你循规蹈矩行不行？”

“你也讲循规蹈矩？发泄怨恨不惜打伤汤姆，是循规蹈矩？”

莱格瑞承认自己行为愚蠢，但他说：“那家伙太放肆，不治理不行。”

“这个人你治不了。”

莱格瑞怒气冲冲地说：“我还没遇到过治不了的奴隶。打断肋骨，他就屈服了。”

山宝进来，递给他一纸包东西。

“这是什么？”莱格瑞问。

“是邪物，老板。”

“什么？”

山宝称这是从奴隶那里搜来的“护身物”，奴隶把它套在脖子上，任凭主人怎样打，皮肉也不疼。

莱格瑞很迷信，他接过纸包，小心翼翼地打开它。

纸包里掉下来一块银元和一绺金发，这金发令他心惊。

“该死的！”他咆哮道，仿佛头发烧了他的手指，“哪儿来的？快拿走，烧掉它。”

山宝吓得目瞪口呆，卡茜也很惊诧地瞅着莱格瑞。

莱格瑞从地上捡起银元朝窗外扔去，窗户玻璃被打得粉碎。

山宝乘机溜走了，卡茜也出门照顾汤姆去了。

为什么一绺金发吓得为非作歹的莱格瑞心惊肉跳呢？原来他母亲是一个善良的基督教徒，他的额头也受过圣水的洗礼。母亲时常带他到教堂景仰上帝和做祷告，遗憾的是，他生性像其父，暴烈、专横。母亲想用虔诚的祈祷使他改邪归正，可他充耳不闻。

有一天夜里，母亲跪在他脚边，在绝望中哀求他回心转意，改恶从善。他竟然飞起一脚，将母亲踢得老远。他一路诅咒着，跑到海上谋生去了。

有一天夜里，他正在和一批酒鬼酗酒作乐，有人把一封信塞进他手里。拆开信，掉下一绺长长的鬈发，缠住他的指头。信上说，母亲已去世，临终时还为他祈祷，对他的过失表示宽恕。

母亲的慈爱，像可怕的阴影笼罩着他；母亲的宽恕，像催命檄文，折磨着莱格瑞蛇蝎般的心灵。当他将母亲的信和头发甩进火里，那火光使他想起末日审判和地狱的火焰。福音书上说“上帝就是爱”“上帝就是火”。于是他放荡不羁，以此逃避恐惧，夜半每每梦见母亲，吓得他一身冷汗。

“该死的！”莱格瑞一边呷着酒，一边自问道，“这东西打哪儿来的？我还以为早烧掉了。如果头发能起死回生，那不笑死人了吗？”

莱格瑞心中隐隐害怕，把脚一跺，对那几只狗叫道：“你们醒一醒，给我做个伴吧。”

狗不理解主人的意思。于是，莱格瑞把山宝和昆宝喊来，先用酒把他们灌醉，然后让他们唱歌、打架，以此替他解闷。

卡茜从汤姆那里回来，已是午夜时分，听见客厅里大嚷大叫，还有狗吠的声音。

她从窗口看见，主仆三人醉得东倒西歪，又唱歌又吹口哨，还扮鬼脸儿。

她乌黑的眼里充斥着复仇的怒火，她自言自语道：“替世界上的受苦人消灭这样一个坏蛋，算不算造孽呢？”

她转身到后门，悄悄上楼，敲开埃米琳的房门。

听见房门开启，埃米琳躲向墙脚，脸都吓白了。

当她看清楚是卡茜后，立刻跑过去，抓住她的手臂说：“哦，卡茜，你来了，我真高兴。”

她向卡茜抱怨，楼下的家伙，真是吵死人。

“我听多了，也就习以为常了。”卡茜冷冷地说。

“卡茜，你说，我们能有办法逃出去吗？在野外与蛇做伴我也愿意。”

卡茜回答埃米琳，无处可逃，只有死路一条。不是她妄加乱说，而是她见过许多人逃跑后的下场。即使跑到沼泽地，他们的猎狗也会把你抓回来。她告诉埃米琳，这些悲惨故事的见证者，是村子附近的那棵黑黝黝的枯树，枯树下面是黑炭。

“那是怎么一回事啊？”

“我不告诉你，更不想提起这些事。”卡茜说，“唉，如果汤姆再顽抗下去，鬼知道明日会如何。”

“卡茜，你说我怎么办？”埃米琳很害怕。

“像我这样。”卡茜说，“用诅咒和仇恨来自我安慰。”

埃米琳向卡茜控诉莱格瑞对她的折磨，强行要她喝那讨厌的白兰地酒。

“你最好还是喝吧，”卡茜说，“我从前也讨厌酒，现在离不了酒。一个人总得有个嗜好，喝了酒，就忘记了苦难。”

“妈妈叫我别沾酒。”埃米琳说。

“妈妈在这里顶屁用。”卡茜略带讽刺地说道，“谁买了你，你的肉体和灵魂就是谁的。听我的话，尽量喝，醉了就是解脱。”

埃米琳和卡茜在谈话的时候，楼下客厅里的莱格瑞赶走了两个同桌坏蛋，倒在椅子上睡着了。恶人狠毒，但也心虚。莱格瑞虽是极端野蛮，但仍然被一种可怕的阴影威胁着。一入睡，就做梦，梦见他的母亲和母亲的一绺头发。他趴在岩石边，下面是深渊，有无数只手来抓扯他，他吓出一身冷汗。这时卡茜走来，一掌将他推下去。直往下掉，掉，掉——他猛地醒了过来。

第二天的黎明，卡茜进屋来，他对她说：“他妈的，昨夜真狼狈。”

“这样的夜晚还多着呢。”她冷冰冰地回答。

“你说什么，贱货？”

“迟早你会明白的。”卡茜态度依然冷淡，“我只奉劝你一点。”

“见鬼，你奉劝我什么？”

“别再跟汤姆过不去。”她说。

“这关你屁事！”莱格瑞很不高兴地说。

“是的，不关我事。”卡茜说，“不过我要提醒你，你跟几个庄园主打赌，定在今年棉花上市时获得最大丰收，而你把一个能助你获胜的汤姆打伤了。”

这一下触到了莱格瑞的痛处。

“那我饶了他，”莱格瑞说，“不过，他得向我认错。”

“他不会的。”卡茜说。

“亲爱的，为什么他不会呢？”

“他不认为自己有错，承认什么？”

气急败坏的莱格瑞说：“他会的，今天早上他就会像狗一样来讨饶的。”

卡茜很干脆地告诉莱格瑞：“西蒙，你可以叫他粉身碎骨，但他不会认错。”

莱格瑞丢下一句“等着瞧吧”，便出门找汤姆去了。

在轧棉花的破房子里，莱格瑞见到了汤姆。

他踢了汤姆一脚，轻蔑地说："怎么样，好受吧？还有劲给我讲道理吗？"汤姆没有答话。

他又踢汤姆一脚："起来，畜生！"

遍体鳞伤的汤姆挣扎着站了起来，目光直对着东家。

"你有种，"莱格瑞说，"还不跪下来求饶？"

汤姆毫无反应。

"跪下！"莱格瑞吼叫着，用鞭子抽打汤姆。

"老爷，我不能这样做。"汤姆说，"我没错，不求饶。残忍的事我不做。"

"不要嘴硬，我还有办法收拾你的。把你绑在枯树上，四边烧起火，慢慢烧死你，怕不怕？"

汤姆表示不怕，而且巴不得死，巴不得早点儿死。他说，他的灵魂是属于上帝的，他坚定不移地信仰上帝。他明确告诉莱格瑞："你弄死了我的肉体，我的灵魂就得永生。"

"灵魂得永生"，这句话就像蝎子一样蜇了莱格瑞一口。他暴跳如雷，正想进一步制伏汤姆时，卡茜进来解了围。

她用法语对他说："丰收的事最重要，何必非要打得汤姆不能干活才罢休呢。交给我，让我调养他，过几天就下地干活。"

莱格瑞乘机下台走了，卡茜对着他的背影轻轻说："跟你算账的日子还在后头呢。"

她回头对汤姆说："躲过初一，还有十五呢。他会像一条恶狗，咬住你的喉头，一点儿一点儿吸你的血，让你慢慢死去。我了解这个浑蛋。”

汤姆面对莱格瑞的凶残与野蛮，听着他威胁的话语，觉得自己的大限已到，反而勇气百倍，无所畏惧，因为马上就要见到耶稣了。可是，待他一走，慷慨激昂的感情恢复了平静，汤姆感到肉体的伤痛和折磨又回来了。

无法摆脱莱格瑞的迫害，汤姆也消沉了；谢尔贝太太那里一直没人来赎买他，使他对未来绝望。一天晚上，汤姆在《圣经》中无所心得，便把书揣进口袋里。突然，一个粗野的声音惊动了他，他抬头一看，是莱格瑞。他嘲笑汤姆："小子，你也许发现你的宗教失灵了吧？"

这好比一桶冷水泼在受冻人的身上。物极必反，莱格瑞对汤姆的过度刺激，使他对上帝的信仰更加坚定不移。他更倾心宗教，相信自己与耶稣和耶和华靠得更近，他的心成了不可侵犯的平安区、焕发宽容精神的圣殿。他不再为尘世的恩怨而伤心，不再为尘世的企望、恐惧和情欲所困扰，那惨痛和屈辱与神的意志合二为一。

莱格瑞的打骂，已伤及不到汤姆的灵魂。他觉得自己的痛苦已经结束，他对苦命人更加同情和怜悯。今日的汤姆，乐于助人，毫无所求；待人谦让，甘居末位；有所得时，取得最少；人有所求，舍己所有；遇有危险，挺身而出。东家对他残暴迫害，但他却从来不跟随别人骂他一句。久而久之，他感动了周围那些麻木心灵，人们常常聚集在汤姆身边，听他讲耶稣的故事、做祷告、唱赞美诗。

有一天夜里，皓月当空，卡茜来找汤姆。

“汤姆，我跟你说件事。”她的眼神凝滞而绝望。

“什么事，卡茜小姐？”汤姆问。

“汤姆，你想不想自由？”

“上帝来时，我就自由了。”汤姆说。

“今天晚上你就可以得到自由。”卡茜劲头很足。

汤姆犹豫了一会儿。

她说：“走吧，他睡着了。”

卡茜今天晚上在莱格瑞的酒中放了麻醉药，因为药量小了点儿，出于谨慎，她请汤姆帮忙。

汤姆拦住卡茜：“千万使不得，小姐。”

“你不想让苦命人得到自由？”

“干坏事是没有好结果的，断我手也不干。”

“我一个人干。”说罢，卡茜便想走。

汤姆跪着央求卡茜：“别把你的灵魂出卖给魔鬼。上帝没有叫我们报复，我们要耐心等待他的安排。”

“我没等待？已经等得我心灰意冷，这是我义不容辞的事。他的末日已到，我该要他的狗命了！”

“不，不，不，”汤姆着急得口吃，“迷路的羔羊啊，千万不可这样。上帝只流自己的血，不流别人的血。让我们爱敌人吧。”

卡茜认为，血肉做成的人绝对不会爱自己的仇敌。

汤姆开始他的传道劝说："上帝赐我们爱心，那就是胜利。当我们不断地爱和祈祷时，战斗就结束了，胜利就到来了。"

卡茜的决心被他说软了，她放弃了。

汤姆建议卡茜和埃米琳想法逃走，原则是不要伤人，否则不行。

汤姆不愿逃走，他相信上帝会来拯救苦命人的。

卡茜考虑过若干逃走的办法，皆因可行性不大，放弃了。这次，她有了新主意，步骤简单，切实可行。"汤姆老爹，我试试看。"她说。

"阿门，上帝保佑你们。"

破烂的门窗，破旧的家具，厚厚的灰尘，风中飘动的蜘蛛网，晚风挤过窗棂发出的声音，就像一个女人在哀鸣。这楼顶的房间，显得阴森恐怖。黑人们谣传，有一天，莱格瑞从楼上把一个苦命女子抬下来，埋葬在荒野地。从此，人们夜夜听到楼上发出绝望的呻吟。说到这事，人人谈虎色变。莱格瑞禁止人们再说它，若有违抗者，就在楼顶房间关禁闭。

卡茜正是利用莱格瑞的这一弱点，设计了她们的出逃计划。

她的住房本在楼下，这一天晚上，她不通知莱格瑞，便搬家到别处住。莱格瑞知道后，非常生气，问她为什么，她说："其实说了你也不信，从半夜到天明，我老听见楼上有沉痛的哀鸣声，还有地板震动的声音。"

"顶楼有人？"莱格瑞感到一阵不安。

别看有的人目无神明，但是他们的犯罪经历，使他们更加容易陷入迷信。

“我要弄个明白，今天晚上就去。”莱格瑞说。

“去吧，在上面睡一夜，看你有没有这个胆量。”卡茜说。

“别吓唬人，那是风声。”

“风声能把你顶住的门吹开吗？而且，一步一步走到你床边，伸出手来——”卡茜冷冰冰的手一下抓住他的手。

他大骂一句，往后一退。

随着一阵风，楼上突然传来尖叫声、厮打声。

“你最好马上上去，他们又厮打起来了。”卡茜说。

“我不上去，见鬼。”莱格瑞骂了一声。

“你不敢去，我去。”卡茜说着便从螺旋楼梯向上走。一股风从楼上吹来，刮熄了莱格瑞手中的蜡烛，阴森恐怖的声音在他耳边响着，他一口气跑回客厅。不一会儿，卡茜也回到客厅。

她问莱格瑞：“西蒙，这楼上到底出过啥事？”

“你管不着。”莱格瑞心头是虚的，这话好像触到了他的心病。

其实卡茜早在楼顶的一个洞眼里塞了一个瓶颈，只要一吹风，就会发出类似绝望的凄惨的哀鸣声。她上楼是把门打开，风灌下来，正好吹熄了莱格瑞手中的蜡烛。这样一来，令人毛骨悚然的恐怖流言，更把庄园里的人们威慑住了。莱格瑞又气又怕。

过了几天的一个黄昏，莱格瑞上别的庄园去了。

此时，卡茜正和埃米琳在室内收拾细软。

"我们这时出去，他们看得见啊。"埃米琳担心地说。

"看见更好。"卡茜说。

按照卡茜的设计，她们从正门溜出，从村子旁边过，山宝一伙必看见。他们来追，她们就跑向沼泽地，他们便会折回去报信和召集人马，趁这一时刻，她们蹚过后门小河。猎狗追来，也嗅不出味道。院子里的人都外出抓逃奴去了，她们再绕道回来，人不知，鬼不觉地躲进楼顶。

"卡茜，你想得真周到啊！"埃米琳说。

两个逃亡女人刚出门不久，后面有人叫喊站住。回头看，来人不是山宝，却是莱格瑞。

胆小的埃米琳吓得头发晕，她抓着卡茜的手说："我要倒了。"

"你敢倒，我宰了你。"卡茜说，并抽出一把雪亮的匕首来。这一招，果然灵验，埃米琳没有倒。她们迅速钻进了沼泽地，消失了。

莱格瑞好不高兴："贱货，自投罗网！"

不出卡茜所料，莱格瑞回到村子，聚集人员，放出猎狗，宣称只要抓住她们，赏银元五块。

"可不可以开枪？"山宝问，他手里正好有支来复枪。

"卡茜早该进地狱了，可以开枪。那小妮子要抓活的。"

紧接着，人马出发，火把通明，人喧狗吠，闹闹嚷嚷，在沼泽地边缘散开，开始搜索。

已经从后门躲进客厅的卡茜说："如果我们还在那儿，这下就完了。”

慌张的埃米琳叫卡茜赶快上楼。卡茜从莱格瑞放在客厅的衣兜里取出钥匙，打开柜子，拿出一叠钱作为逃走的路费。

“嘿，那不能拿呀！”埃米琳说。

“咋不能拿？”卡茜说，“在路上，有钱啥事都好办。”

“那不是偷窃吗？”埃米琳苦恼地说。

“那些巧取豪夺的家伙，不配对我说这种话。这些钱，是他们从忍饥挨饿、流血流汗的苦命人那里盗窃来的。”

她们最后躲进了楼顶的一个硕大的木箱内，在那里安顿下来。

埃米琳担心人们搜寻上来，卡茜说：“莱格瑞上来？不，他才不会呢，他怕得要死。别的人更不愿意来撞鬼。”

“万一他们听见这儿有响动，咋办？”埃米琳问道。

“听见这里有声音，他们更怕，还敢来？”卡茜说。

午夜，大院平静下来了。莱格瑞上床时还愤愤地说，明天一定要抓到这两个着了魔的女人。

·品读与欣赏·

卡茜照顾着汤姆，尽自己最大的可能帮助汤姆，而遭受病痛折磨的汤姆反而不惧怕死亡，依然帮助别人，甚至宽恕了残害自己的黑人监工和主人莱格瑞。莱格瑞由于昔日对母亲的行为而惶惶不可终日，借酒消愁，他表面上很强大，其实内心非常脆弱，正如作者在文中所说“恶人狠毒，但也心虚”。而卡茜和埃米琳凭借自己的聪明才智和汤姆的帮助选择了逃亡，她们利用莱格瑞内心的恐惧，成功地骗过他，逃离了他的身边。

·学习与借鉴·

1.运用梦境描写。通过梦境可以表现人物心理，塑造人物形象，暗示情节主题。如本章中莱格瑞的噩梦，显示了他内心的空虚和恐惧。

2.运用插叙手法。插叙是在叙述中心事件的过程中，为了帮助开展情节或刻画人物，暂时中断叙述的线索，插入一段与主要情节相关的回忆或故事的叙述方法，起到解释说明的作用。本章中，关于莱格瑞和母亲往事的情节就是插叙手法，从而使文章脉络清晰。

十七　最后的笑容

卡茜和埃米琳的逃亡，使原本就很粗野的莱格瑞更加暴戾。第二天，他联络了周围的庄园主，纠集了大批人，包围沼泽地，要活捉那两个贱人。虽说人多，搜索的时间也长，但是，除了精疲力竭，一无所获。

躲在楼上的卡茜，以幸灾乐祸的目光，看着回来的莱格瑞。

回到客厅，莱格瑞的气不打一处来，他疯狂地仇恨无辜的汤姆。汤姆不施暴力，不参加追捕，他都看在眼里。“我恨透他了！”莱格瑞骂道。他怀疑是汤姆给她们出的主意。

于是，他吩咐山宝和昆宝把汤姆带到客厅来。

山宝和昆宝彼此嫉恨，但是对汤姆的态度，二人又完全一致。他们恨汤姆，是因为莱格瑞要提拔他当总管。听说老板要收拾汤姆，他们劲头十足。

汤姆听说到客厅见老板，心知大难临头。要对付的是一个残暴而乖戾的家伙，他并不害怕，早已拿定主意，他宁肯死，也不可出卖那两个逃命的女人。

山宝和昆宝一路上幸灾乐祸地数落汤姆，什么你完了，你逃不了，吃不完兜着走了，今天够你受了，等等。这些恶毒言语，汤姆一句也没有听进去，因为另一个声音在告诉他：“那只能杀身体，不能杀灵魂的，不要怕他。”汤姆听此言，精神焕发，好像上帝触摸着他的身体，顿觉有万夫不当之勇。看着朝后退的景物，好像在与他的灵魂告别，天国已经在望，解脱的时刻即到，他的心在剧烈跳动。

上帝给了汤姆无尽的勇气和力量，使得他能面对一切劫难，现在的汤姆只想着早点解脱。【心理描写】

一见面，莱格瑞抓着汤姆的衣领，怒不可遏地吼道：“知道不，我决定杀了你！”

“有可能，老爷。”汤姆镇静地说。

“除非你把两个贱货的事说出来，也可不死！”这不是莱格瑞的宽恕，是冷酷。

汤姆无声地站在那里。

“听见没有？”莱格瑞咆哮起来像狮子，“说呀！”

“我没什么可说的，老爷。”汤姆坚定地说。

“你这黑崽基督徒，敢对我说不知道？”

汤姆沉默。莱格瑞一拳砸向汤姆。

“老爷，我宁肯死，也不会说。”

莱格瑞暴跳如雷，抓住汤姆的膀子：“我饶恕过你，就别以为我说话不算话。这次可不能让你轻松过关，要叫你的血一滴一滴地流尽。”

汤姆抬起头望着他的主人，答道：“老爷，如果你生病，或者遇到麻烦，或者病入膏肓，我愿以我的血救你；如果能用我老骨头的血救活你珍贵的灵魂，我会畅快地用我的血救你，就像基督为我们做的那样。别让罪恶亵渎你的灵魂，我死了，一死百了，你不忏悔，你的灾难会没完没了。”汤姆慷慨激昂的话语，就像暴风雨后的优雅音乐，让在场人屏息静气，莱格瑞也变得目瞪口呆。

把汤姆的话语比作暴风雨后的音乐，能带给所有人安宁和静逸。【比喻修辞】

这只是瞬间的静默，紧接着，愤怒咆哮的莱格瑞，终于将汤姆打翻在地。汤姆鼓起劲对老板说了句“我宽恕你”，便昏厥了过去。

“这次他恐怕真的完蛋了，他闭嘴了，是我感到舒服的事。”

汤姆没有死，他的话却感动了山宝和昆宝。他们内心承认自己的罪恶，两个粗野的黑人，同时落下忏悔的眼泪。莱格瑞走后，他们设法要救活汤姆，不断地对他说：“我们对你太狠毒了，救主耶稣，饶恕我们吧。”

汤姆说：“主啊，我愿受这苦难，只要他们皈依你！”

他的祈祷在内心得到了回报。

奥菲利娅小姐给谢尔贝太太的信，在邮局投递中被耽误，约过了两个月时间，才送到收信人手中。

收信的谢尔贝太太一筹莫展，因为谢尔贝先生正在病中，而且病情严重，太太一直在病榻前照应着他。小主人乔治·谢尔贝管理父亲的产业。不几天，谢尔贝先生逝世，他们忙于先生的善后事宜，也就把汤姆的事放了下来。

这其间，他们向奥菲利娅小姐信中提到的一位律师写过信，询问汤姆近况，律师只知道汤姆在一次公开拍卖中被人买走，余下无可奉告。

谢尔贝太太和乔治心中十分内疚。事过半年，乔治到南方办事，便决定去一趟新奥尔良，希望能打听到汤姆的下落。

几个月之后的一个偶然机会，乔治从知情人那里探问到了汤姆现在的落脚点。于是，乔治乘船来到了红河流域。

有人把他领到莱格瑞家，二人在客厅见了面。

见到这位不请自到的客人，莱格瑞甚为不悦。

乔治开门见山地对莱格瑞说："先生在新奥尔良买的一个奴隶，是家父庄园的仆人。我来，是看能不能将他赎回。"

莱格瑞也直言不讳地承认买了汤姆，并将汤姆的表现，以及他打了他的事说了一遍。他最后告诉乔治："我看他也差不多了。现在死不了，以后也难说。"

年轻人强忍怒火，问他汤姆在哪儿。引导乔治来的小家伙说："在那间破房子里。"

莱格瑞踢了小家伙一脚，又破口大骂。乔治转身朝那房子走去。

汤姆被打后，神经已麻木，大多数时间在昏睡中。因为汤姆日常对人的关爱，在他遇难后，几个黑人利用短暂的休息时间来探望他，送上的虽然只是一杯凉水，可是杯中情无限。

一杯凉水微不足道，但是却代表了朋友对汤姆的深厚情谊，小处见真情。【细节描写】

他们的眼泪落在这位忠厚者的脸上，他们是在他的感化下信奉天主的。他们替受苦的汤姆祷告，尽管他们对天主尚还一无所知。卡茜在晚上也偷偷地来看过汤姆。这位生命垂危的黑人，对她说的一席感人肺腑的话，使她失声痛哭。

乔治走进这间令人作呕的房子，简直觉得不可思议。

他在汤姆身边跪下，说："汤姆叔叔，我的可怜的老朋友。"他流泪了。

汤姆微睁双眼，嘴角泛起笑意。

乔治问汤姆："你认得我吗？我是你心爱的小乔治啊。"

汤姆慢慢睁开眼睛，声音微弱地说道："乔治少爷。"

汤姆好像想起了什么，脸上露出笑容，眼内泪花感动，他喃喃地说："你们来啦，我死也瞑目了！灵魂啊，赞美上帝吧！"

乔治急呼道："你不能死啊，我是来接你的呀！"

汤姆说："你来迟了，上帝要接我回去了，天国比肯特基好啊！"

"你不能死，苦命的朋友。"乔治说。

汤姆拉着乔治的手，说："苦难结束了。请你告诉克萝，我归天了，上帝时时刻刻与我在一起。告诉我的孩子，要他们跟我走；替我问候老爷、太太，我爱庄园里的每一个人。我心里只有爱，乔治少爷，做一个基督徒就是这样。”

汤姆含笑长逝了。

气愤的乔治对莱格瑞说：“先生，我一定要把你杀害这个无辜者的事公之于世，我要在法庭上为他申冤。”

人性丧尽的莱格瑞说：“死了一个黑奴，值得这么大惊小怪？”

是可忍，孰不可忍？乔治转过身来，一拳把莱格瑞打翻在地。

乔治将汤姆安葬在一处干燥的沙丘地，没有墓碑，他不需要墓碑，上帝知道他在哪儿。

“见证吧，永恒的上帝！”乔治跪在老朋友的墓前对天发誓，“从今开始，我将尽个人之能力，把奴隶制度从我们的国度驱赶出去。”

鬼的故事在莱格瑞庄园愈说愈玄乎。说她穿着白色裹尸布，四处漫游，在房间里来去自如，锁着的门也会向她开放，然后走上楼梯，直奔不祥的顶楼。人们瞒着莱格瑞，就显得更加可怕。

莱格瑞的日子过得很烦躁，不是酗酒就是骂人。鬼怪作祟的事深埋在他心底。一天，睡到半夜，他看到有一个影子逼近他，好像母亲的裹尸布，拿在卡茜手里，举起来给他看，他想喊，发不出声来；他想起身，四肢又动弹不得。白衣人冰冷的手摸着他，说“来吧，来吧”，便出去了，吓得他汗流浃背。待他下床去拉门，门是锁着的，这一吓非同小可，他立刻晕了过去。

卡茜的方法很有效，终于把莱格瑞的心理防线摧毁了，想喊却发不出声，想动却动弹不得。【心理、动作描写】

不久，传言四起，说他病了，处在濒死的边缘；说他酒精中毒，他疯了，整天胡言乱语；说他见了鬼，使人听了害怕。直到他死时，还看见白色裹尸布，嘴里喊着“来吧，来吧”。

无巧不成书，就在莱格瑞见鬼的那个晚上，有几个黑人看见两个白色影子，穿过园中小道，径直上了大路。第二天一早，人们发现庄园的门敞开着。

卡茜和埃米琳在离城不远的小树林里休息时，太阳已经升起。

卡茜穿一身黑衣服，戴一顶加面纱的小帽，打扮成西班牙贵族妇女模样，埃米琳则是她的使女。卡茜的早期教养形成的谈吐高雅、仪态端庄的优点，配上她尚存的上等服装和精致饰品，进了旅馆，是没人会怀疑的。

在旅馆，引起卡茜注意的是准备乘船返家的乔治少爷。她认识他，那是她们躲在顶楼时，她看见他与莱格瑞发生冲突，并从他们的争吵中，大致知道了他和汤姆的关系。

晚上登船时，乔治·谢尔贝很有礼貌地扶着卡茜，并替她们找到了一间很好的卧铺。

乔治第一眼瞧见她时，便隐隐觉得她像某个人，就是想不起是谁。他时刻打量着她，她和他也常常四目相对。

她疑心他识破了她们的伪装。判断出乔治的侠肝义胆后，她干脆向他和盘托出她们的遭遇和经历。

乔治十分同情逃亡黑奴，他说，他一定帮助她们脱离危险。

在船上十几天中，乔治认识了在卡茜隔壁住的都德太太。在闲聊中，人们听出，她原来是逃亡黑奴乔治·哈里斯的姐姐。乔治·谢尔贝少爷当然认识那位发明洗麻机的小伙子。

他告诉都德太太，哈里斯的主人与他家比邻，他家的女仆伊丽莎成了哈里斯的妻子，他们已经逃到加拿大去了。都德太太对她的弟媳伊丽莎很感兴趣，不免多问了几句，却引起了背对乔治少爷坐的卡茜的留意，越听细节，她越是激动。当乔治少爷说到“我父亲当年出了很高的价钱才买回了伊丽莎，那时她只有八九岁”时，卡茜脸色变得苍白，并急切地问乔治少爷：“你知道当时的卖主姓什么吗？”

“一个叫西蒙斯的人，契约上是这么写的。”乔治说。

“哎呀，天啦！”卡茜痛叫一声，晕倒在地板上。

乔治和都德太太都茫然不知所措。

后来从卡茜口中人们才知道，伊丽莎是她的女儿。

乔治少爷要帮助她们找到在俄亥俄河边救助伊丽莎的人。

晚上，加拿大蒙特利尔城的一间整洁的房间里。

壁炉的火，燃得熊熊的，餐桌上的白色台布，书桌上的精美书籍，表明主人的生活稳定与幸福。

> 壁炉、餐桌上的白色台布和书籍彰显了生活的闲适和温馨，令人向往。【环境描写】

女主人伊丽莎正在沏茶和切面包。五年过去了，他们又生了一个女儿，她的体态更丰满了，主妇的味道更浓了。

哈里斯摸着儿子的头问：“孩子，今天的算术题做完了吗？”

“做完了，是我自己算的，没人帮忙。”

“对，凡事要靠自己，你比爸爸强多了。”

有人敲门，伊丽莎去开门，只听她高兴地叫起来：“噢！——是你啊！”丈夫也赶紧跑过去迎接那位营救过他们的牧师。

牧师带来了两位女客，还没等牧师致开场白，都德太太就抱着哈里斯，喊了一声：“乔治，你不认识我了吗？”

受其感染，卡茜也忍不住抱起小伊丽莎，紧紧地搂在怀里，说了一句：“宝贝，我是你妈妈呀！”因为小女孩太像她女儿伊丽莎小时候了。

牧师的祷告，平息了大家的激情。而后破镜重圆的人们互相拥抱。

在以后的日子里，卡茜破碎的心灵，在伊丽莎虔诚的基督精神感染下，得到了充实，脸上绝望的神色被自信的表情所替代。后经都德太太多方努力，还帮助卡茜找到了儿子。

从绝望到自信，经过无数风风雨雨，卡茜与女儿团聚，也有了稳定的生活，也最终皈依了宗教。【神态描写】

都德太太的丈夫死后，留下一大笔遗产，她要哈里斯一家与她共享。哈里斯提出让他受教育。他说：“那是我梦寐以求的事，受了教育，我可以有所作为。”若干年后，哈里斯真的到了非洲，向在黑暗中的非洲人宣传基督教义。

埃米琳的美丽赢得了一位法籍轮船大副的爱情，后来他们定居法国。

奥菲利娅小姐带着托普茜回到佛蒙特老家。起初，家里人对托普茜不满意，但她苦心教诲托普茜，使她有了长足进步，讨得了家人的欢心。长大成人后，她皈依基督教，被教会派往非洲当传教士。

这一天，谢尔贝家到处喜洋洋，人们准备迎接小主人的归来。

克萝大娘一身簇新，得意的笑容显示了她内心的兴奋之情，而摆弄餐具则体现了她对于亲人即将回来的期待和认真。【外貌、动作描写】

在谢尔贝太太舒适的客厅里，壁炉火烧得正旺。克萝大娘身穿印花新衣，腰围白色围裙，脸上露出得意的笑容，正仔细地摆弄着餐具。

太太正在阅读乔治少爷的来信，克萝问："乔治少爷说了什么？"

"只有几个字，说他今晚到家。"

"他没提到我家老头子？"

"没有，什么也没有说。他说，一切到家再谈。"谢尔贝太太说。

"是的，乔治少爷喜欢当面谈，我知道。"

谢尔贝太太微微一笑。

"我家老头子恐怕不认识他的儿子了，他们都长这么大了。我烙的饼，老头子最爱吃。唉，那天他走，就吃的这种饼。我当时好伤心啊。"

克萝旧话重提，谢尔贝太太心也不安，疑心儿子是否隐瞒了什么。

"太太，那些钞票还在吧？"克萝大娘问。

“在，克萝。”

克萝一直把在糕点铺挣的钱存放在太太那里，等老头子回来给他看。

门外响起了车轮声，乔治少爷回来了。

儿子一进门便抱着母亲。克萝大娘从窗口向外面黑处张望，寻找她的老头子。

乔治走到克萝大娘身边，握着她的手，说：“苦命的大娘，我是耗尽家产也要赎他回来的，但是，他已经归天了。”

这个与克萝大娘的心愿完全相反的消息，使她措手不及，半天说不出话来。

沉默许久后，三人哭成一团。

克萝平静之后，乔治向她讲述了汤姆临终得救的情景，并转达了他充满爱心的遗言。

一个月以后，乔治把庄园的奴仆们召集在一块，宣布重大决定。

乔治手里拿着证书，一个一个地念着他们的名字，在一片痛哭和欢呼声中，他把自由证书发放给他们。

许多奴仆表示不愿离去：“我们在这里不愁吃，不愁穿，十分自由。我们不愿离开这个地方，也不想离开太太、少爷和庄园里的人。”

乔治对这些自由了的仆人讲：“你们自由了。可以不走，留在庄园干活，我给你们工资，数目由我们双方约定。这样做的好处是，如果我破产了，我病死了，或者发生其他什么事，谁也不能卖你们，你们是自由人。现在，请朋友们抬起头来，为自由感谢上帝吧！”

主人给予的自由就连年长的老人都抑制不住自己的喜悦和激动之情。【外貌、神态描写】

庄园里有一位年长德高的老人，头发白了，眼睛也瞎了，激动得站起来，歌唱赞美诗感恩。黑人们同声歌唱：

“欢乐的时刻到啦，

回家去吧，赎了身的罪人们！”

乔治打断众人的欢呼声，示意大家安静下来，他说：

汤姆叔叔的梦想，乔治终于帮他完成了。乔治不仅给黑奴以自由，还皈依了宗教。汤姆虽然是黑奴，但是他的博爱感动了每个人。【深化中心】

“我在汤姆墓前发誓，再不蓄养一个黑奴，要给他们自由；我绝对不让一个人在我手里遭遇妻离子散、离乡背井的危险或是像他那样死在荒野。当你们庆祝自己的解放时，别忘了感谢这位善良的老人。每当你们看见汤姆叔叔的小屋时，就该联想到你们的自由。为了纪念他，让我们做一个正直的虔诚的基督徒吧。”

·品读与欣赏·

汤姆叔叔最终离开了这个世界。他的一生坎坷艰辛，多次被贩卖，遭遇与妻儿的生离，遭遇与伊娃和克莱亚的死别，最终也没有回到家乡亲人的身边，客死他乡。但是他强大的精神力量使他在艰难困苦面前，不放弃不抱怨，以德报怨，真诚善良地面对爱他的人，甚至摧残他的人。汤姆的隐忍和博爱最终感动了身边的人，乔治也完成了他的梦想，给予黑奴自由。而卡茜最终和女儿伊丽莎团聚，过上幸福的日子；托普茜最终走上传教的道路，可以说继承了伊娃和汤姆的愿望，把上帝带给更多的人。本章以“笑容”为题目，作者想必也希望所有人带着笑容活下去吧。

·学习与借鉴·

1.运用巧合。恰当地安排巧合可以提炼故事情节，推进故事的发展，也可以刻画人物形象。本章中，卡茜经过一系列的巧合，最终与女儿伊丽莎团圆，过上了幸福的生活。

2.首尾圆合。故事从谢尔贝先生家里贩卖黑奴开始，又以谢尔贝先生家里给黑奴自由结尾，首尾圆合，结构完整。

名著知识要点

作者及年代	作者比切·斯陀夫人，19世纪美国杰出的废奴作家。《汤姆叔叔的小屋》在世界文学史上占有重要位置，曾被多次搬上银幕，因为这部小说是美国南北战争的导火线之一，也是影响历史进程的经典著作之一。而作者斯陀夫人还被林肯称为“引起一场大战的小妇人”。
作家作品评价	《汤姆叔叔的小屋》是讲黑人奴隶的受压迫及抗争，反映了黑人奴隶的悲惨境遇，表示了对黑人的同情及对美国奴隶制的深刻思考，同时它也是一部对人类发展进程产生过深远影响的作品。
人物形象	汤姆叔叔是本书的主人公，他虽然是黑人奴隶，一生历经坎坷，饱受摧残，但是他始终宽容善良，坚韧勇敢。
内容概要	《汤姆叔叔的小屋》以汤姆被主人谢尔贝贩卖为开始，讲述了他被贩卖之后的坎坷遭遇，以及另一个逃跑的黑奴乔治和妻子伊丽莎的命运。汤姆被贩卖后救助了伊娃，伊娃的父亲克莱亚成为他的第二个主人，并且承诺给他自由，但是克莱亚的意外去世，使他又被卖到残暴的主人手里，最终被毒打致死。而乔治夫妇经过艰难险阻终于逃亡到加拿大，过上了幸福的生活。

续表

文章主旨	《汤姆叔叔的小屋》是一部多主题的小说。本书通过汤姆的悲惨遭遇，揭露和控诉了迫害与剥削黑奴的奴隶制度。
主要艺术特色	深入细腻的心理描写； 浑然一体的情节结构； 异彩纷呈的比喻手法； 生动传神的人物刻画。
精彩片段	乔治、伊丽莎逃亡过程中与追踪者的战斗场面； 伊娃临死的感人场面； 汤姆叔叔遭遇毒打的悲惨场面； 谢尔贝的儿子乔治最终寻找汤姆，并且最后给予奴隶自由的场面。
经典语句	不过，人的本性也脆弱，一旦暴利诱惑，为达到目的便不惜牺牲弱者的利益，心肠变得狠毒起来的人也是有的。 冒险不是他们的天性，只要厄运威胁着他们本人、丈夫或妻子、儿女时，他们勇气倍增，总抱着逃脱苦难的一线希望，甘愿忍受旷野的饥寒与痛苦，甚至被抓回去的可怕结局。 浩荡的密西西比河奔腾在一望无际、渺无人烟的大荒原中，它是一条梦幻般的具有传奇色彩的河流。它那浑浊不清、汹涌澎湃、浪花四溅、滚滚向前的流水，承载着多少黑奴的眼泪、受压迫者的悲叹、贫穷和孤独者的祈祷。这也是一条贩卖黑人的贸易走廊。 船上有个五六岁的小姑娘，眉清目秀，气质纯真，跳跳蹦蹦，飘飘如仙，她从你身边经过，像一道阳光，一丝清风。轮船上到处有她的足迹，没有她没到过的地方，见过她的人都会为她祝福。

阅读自我测试

1.《汤姆叔叔的小屋》的作者是________，国籍是______。

2. 小说《汤姆叔叔的小屋》的主人公是_______，他的主要性格是__________，__________，__________，__________。

3. 小说中，汤姆叔叔救助的小女孩的姓名是__________，她最终凭借自己的善良感动的黑人小姑娘的名字是__________。

4. 请指出下列各句的修辞方法

（1）汤姆晚年才开始识字，读起《圣经》非常吃力，一个字一个字地读，就像一块一块金锭，个个都需要掂量掂量一样。_______

（2）他仿佛看见与他同时长大的伙伴们熟悉的面孔；他看见他忙碌的妻子在张罗着替他做饭；他听见他的孩子们游戏时发出的嘻嘻哈哈的欢笑声。像变魔术似的，这一切瞬间消逝了，他又看见了眼前掠过的庄园和甘蔗林。_________

5. 请简要叙述《汤姆叔叔的小屋》的艺术特色。

____

____

____

6. 请简要概述《汤姆叔叔的小屋》的主旨。

参考答案

1. 比切 · 斯陀夫人　美国

2. 汤姆叔叔　善良诚实　稳重宽容　虔诚博爱　勇敢正直

3. 伊娃　托普茜

4. 比喻　排比

5. 深入细腻的心理描写；浑然一体的情节结构；异彩纷呈的比喻手法；生动传神的人物刻画。

6.《汤姆叔叔的小屋》是一部多主题的小说。本书通过汤姆的悲惨遭遇，揭露和控诉了迫害与剥削黑奴的奴隶制度。